KB155411

공한 실체의 생성과 소멸

슬픈 연상

시담포엠 시인선 007

슬픈 연상

시담포엠 시인선 007

초판 발행 | 2017년 8월 28일

지 은 이 김상호
펴 낸 이 김성규
펴 낸 곳 시담포엠
출판등록 2017. 02. 06.
등록번호 제2017-46호
주   소 서울시 강남구 테헤란로 311, 1321호(역삼동, 아남타워)
대표전화 010-2378-0446, 02)568-9900

ⓒ김상호, 2017
ISBN 979-11-960275-4-4 03810

값 10,000원

슬픈 연상

김상호 시집

*본문 페이지에서 한 연이 첫 번째 행에서 시작될 시에는 〈 표기를 한다.

우리는 무엇으로 사는가

물의 생명은
땅을 의존하고
불에서 자라며
바람에 진다

사그라지고
이 또한 지나가버리는 공허함
슬픈 연상으로
잠시 머무를 뿐

여기 머문 흔적은 나의 일부
조련된 말은 아니어도
거짓된 말도 아니다

당신에 의해 살았습니다
네 번째 당신의 진실을 고백합니다

2017년 8월   일
靑庵 김 상 호

■ 차 례

1부, 땅(地)

2부, 물(水)

3부, 불(火)

4부, 바람(風)

1부

땅(地)

솜털구름 거적(筵)

어느 날, 솜털구름 한 점
봄날, 봄빛 타고
저 강 들녘에 내리더니
꽃잎 이슬 되어 하늘거리네

꽃잎마저도 여려
비바람도 들지 못하고
계절의 갈증도 해소 못하고
가을의 곡간도 채우지 못한 채
들이랑 산이랑 강가 바람에 서성이다가

솔바람 멈춘 어느 날
빗물 되어 저 강에 흐르고
혼불 되어 저 하늘로 가고
바람이 되어 저 강 건너가네

여기 머문 자리
쪽박 하나 거적에 쌓였네

극락정토(極樂淨土)

국화꽃 필 무렵
나 고향으로 돌아가리라[*]
흰 꽃 향기에 젖어
나비처럼 춤추며
저 허공을 저어 가리라

첫눈 내릴 무렵
나 고향으로 돌아가리라
흰 꽃 수놓은 길
천사처럼 날갯짓하며
저 하늘을 저어 가리라

고향 떠나 흘렸던 눈물
이제 돌아가니 기뻐
당신의 배웅에
오롯한 마음으로
나 미소 지으며 돌아가리라

이별도 헤어짐도 아닌

앞서 가는 길, 외로움에
찬송, 목탁 염불도 좋으나
당신의 노래 들으면
나 기뻐 춤추며 돌아가리라

*천상병의 시, 귀천에서 차운(借韻)하다.

그가 그리로 간 까닭은

아마도 광야를 걸을 때
비에 젖은 몸을 체온으로 덥히고
등 바람에 비를 피하고 섰을 때
마중하던 기다림이 있는가해서일 거야

아니면, 여름이 가고 겨울이 왔을 때
시린 몸을 웅크리고
손을 불며 발을 구르고, 그 집 앞에 섰을 때
창문을 연 미소가 있는가해서일 거야

아니면, 별빛 차가운 어둠을 달릴 때
아마도 허기진 가슴을 채우려
언덕 위 버드나무 집 앞에 서면
눈시울을 붉히던 여인이 있는가해서일 거야

아니면, 계절에 앞서 핀 꽃은 일찍 진다며
가버린 그리움을 지우지 못해 화석이 된
그때의 서글픈 향수가 있는가해서일 거야

〈
아니면, 그날 밤 별에 머물던
빛의 흔적에서
영혼의 그림자가 있는가해서일 거야
아니면⋯⋯

녹색 도서관

1.

냇가 건너 길섶에 녹색 도서관이 있네
더러는 지은 지 오래된 역사관도 있고
더러는 지은 지 얼마 안 되는 신설 도서관이 있네
흐드러진 달빛이 정원에 들면
바람을 타고 사랑가와 애원가가 들려오네

2.

어두운 밤길, 눈 빛 맞추며 거닐던 초록빛 언덕
별의 입맞춤도, 포근한 달빛 가슴도
매화꽃 붉은 향기 뼛속에 사무치고
늘 허기진 몸 달래주던 그 그리움이 아련한
이 밤이 어찌도 이리 밝소

사막을 걷던 까만 하늘의 별빛도 그립고
고행의 언덕을 넘던 시절도
시름도 함께 했던 세월도 그리웠네
어느 길에 지켜서야 당신을 또다시 만나
붉은 꽃향기 다시 전해 줄 수 있을까

3.

달빛 이고 산 어두운 눈물이 서럽고
별빛 이고 산 세월이 슬프고
햇볕에 탄 가슴 안고 산 세월 서러워라
그동안 맺힌 한 서러워 말 못해
구슬픈 이 밤이 어찌도 이리 차갑소

간다, 간다 하면서도 가지 못한 안타까움
못 다한 사랑, 뒤 뜰 오동나무에 매어둔 채
붉어지는 노을에 시름을 얹고
작은 눈 망을 키웠던 세월이 하도 서러워
어느 길로 가야 오롯이 당신 곁을 비켜
나 홀로 그 서러움 지우며 갈 수 있을까

4.

양지바른 명당자리를 골라 지은 도서관에
슬프고 음울한 한숨만이 절절한
푸른 한과(恨菓)만이 덩그러니 열려있네

읽다만 책들이 어지럽게 널려 있어도

모두는 녹색 도서관을 지을 준비를 하네
요즈음은 아파트형이나 수목장도 유행인데
어느 도서관에서인가
목청 돋은 효심가가 들려오네

오석 문패

숲이 우는 이유를,
눈물이 강이 되는 이유를 이제는 좀 알 듯하다
모두가 돌아 갈 때는 여기서 이별을 하고
돌아서는 이별의 뒷모습에서
검은 고독이 흐르는 것을 보면

너는 지워질 흔적을 되살리고
바람 되어 갈 이름을 붙들고
어느 가슴에도 조금 남아 있을지 모를 작은 사연을
아마도 큰 소리로 외우고 있겠지

너는 숲이 우는 소리를 따라 울고
눈물의 골짜기를 메우는 소리에
가슴 아픈 사연이야 말 할 수 없겠지만
시간이 네 키만큼 자라면 너는 어디를 헤맬까
너의 눈은 흐려지고 목소리는 작아질 터인데

바람의 언덕은 소복을 입고

바람은 언덕에서 나고 물은 계곡으로 흐른다
천지야 신령이 머무는 곳이라 바람도 계곡도 없다지만
너는 계곡의 빛으로 오고, 바람의 언덕에서 가니
너를 보내고 돌아서는 눈물의 계곡에 또한 나를 묻고
싶다
시간이 지날수록 깊어지는 계곡, 저 더러운 역사에서 흘린
민족의 피가 천길 폭포에서 부서지는 여기,
저 붉은 악마의 손에 죽은 파랑새의 날갯짓이 애처로운데
아직도 검은 밤은 울고 계절도 모른 채 손짓하는 아침
이슬은
곳곳에 차가운 상처를 덧낸다
맹수의 이빨자국도 선명한 피눈물이
바람에 잘린 하얀 수액이 저렇게도 계곡에 고여
밤새 지은 소복을 입는 이 아침,
대지의 저 소리 없는 영혼의 몸짓을
저 소리 없는 영혼의 외침을 너희는 듣는가
아서라, 너는 어찌 서러움뿐이랴!
밤빛 화사한 달과 별이 너의 가슴에 뜨면
너를 잉태하는 축복이 있지 않더냐

눈물의 강에도 기적이 있지 않더냐
우리는 무엇으로 살아야 할까
우리는 이겨야 한다
우리는 하나로 가야 한다

논(畓)

겨울에 자란 봄빛이 들녘에 들면 황소무릎은 물에 잠긴다
겨우내 찌든 몸은 봇물 가득 닦아 내고
써레질로 점액질로 돌기 없는 몸을 다독이면
부드러운 몸은 파란 꽃을 피울 준비를 한다

물방개 놀던 물 높이 만큼 자란 파란 잎새들
몇 잎씩 나누어 쥐고 꽃등 위 붉은 점에 꽂으면
섬 짓 놀란 여인의 몸짓에 봇물은 벌컥 한물을 켠다
어차피 내 몸에서 자랄 너라면 어찌 할 수 있나
한 여름의 햇살도, 잘 비켜간 태풍도 가을이 영글면
하얗게 핀 꽃 머리는 누렇게 고개를 숙인다

풍년을 기약한 가을을 탈곡하면 허리를 잡고 넘겼던 보
릿고개
도지도 갚고, 학자금도, 마을의 외상값도 갚으니 좋을
시구
볏짚의 이엉도, 새끼도 꼬며 가마 치는 마을의 노랫소리도
풍요로우나 도지나 공출로 잘려나간 허리는,
굽어진 등은 이을 수도 펼 수도 없다

〈

6·25 동란 후 서울까지 오지 못하고

할아버지 사시던 평촌(坪村)마을 이씨네 집,

세마지기 소작농에 아버지는 얼마나 허리가 잘리고 등
이 굽었겠나

산(山) 1

해 뜨는 아침, 용기 있는 도전으로
너의 길을 걷다 보면 외로울 때가 있지

험한 길에서 나를 방황할 때, 더러는
우거진 숲길을 멈추고
너를 가둔 채 너의 심장소리를 들으면
나는 너의 꽃향기가 되고
너의 푸른 소나무를 한 아름 안아보면
나는 너의 주홍빛 나이테가 되지

서 있을 만큼 높고
깊어 질 만큼 낮은 곳
누가 오지 않아도
누가 보지 않아도
있는 그대로
스스로를 스스로 알게 하는 겸손함

때로는 너에게 의지하고
너에게 안기고 싶어 질 때는

해가 진 저녁을 먹고 난 후라, 고향에 갈 때 쯤 아닌가
싶다
　너의 손을 내밀어 어깨를 기대어주고
　네가 안아주는 날이 아마도 제일 행복하지 않을까
　그날을 기다려 본다

산(山) 2

산은 고독한 거야
저 말없는 모습을 보라고
늘 답답한 가슴을 쓸어내리고 있지 않아
아침에는 하얀 기도를 올리고
저녁에는 바닷물을 조린 주홍빛 선식을 하는 걸 보면
외로우면 말을 하지, 입을 다문 채
무거운 하늘만 이고 서서
태양이나 달만을 깊이 건져 올리고
가는 구름이나 붙들어 놓고, 비에
가슴 적시는 한 숨만 쓸어내리니
어쩌면 그렇게도 입이 무거울 수 있나
세상에 종말이 온다 해도 끔적도 않고
피의 역사가 바뀐다 해도 묵묵한 너를 보면
너는 눈물이 있기나 한 거야
고독한건 우는 거야
나는 네가 울고 있는 것을 알아
너는 강해 보여도 눈물 많은 비련의 여인
나라를 잃고 이 민족이 어둠을 헤매 일 때
민족이 피를 흘리고 나라가 두 동강날 때

너는 분명 울고 있었어

저 골 패인 눈물의 골짜기를 보라고

네가 울음을 그치려면, 아마도

두 동강난 나라가 하나가 되고

이 민족이 올바른 하나로 살아갈 희망이 있을 때가 아

닐지

그때야 너는 해방된 자유의 낭만이 될 텐데

지금 우리는……

밭(田)

심한 갈증을 이기지 못하면 몸살이 난다
몸은 뜨거워지고 숨은 가빠진다
때로 헛손질을 하고 헛소리를 지른다

밤에는 신열이 심하다
하얀 달을 보면 괴성을 지르고
하얀 별을 보면 헛헛해 하는 증상
환절기에는 더욱 심하다

강남 간 제비가 올 때쯤이면 몸은 진통하고
여름에 장맛비라도 올라치면 녹색의 땀이 철벙거린다
가을에는 황달이 심해 몸은 노랗고, 눈은 퀭하고
겨울에는 몸부림을 친다

갈증은 조심스럽게 몸을 다독이며
상처를 낸 곳에 사랑의 씨앗을 심고
천수에 몸을 담그면 신열은 내린다
이랑 깊이 영양분을 듬뿍 주면
속이 빈, 속 채움도 가득 생명을 이어간다

화안(花眼)

봄에 자란 초록빛 바다가 바람에 출렁이면
임 그리운 밤
손끝 마디에 붉은 꽃을 틔운다

꽃을 틔운 자리 달빛이 머물고 이슬이 고이면
향을 피운 꽃술은
여인의 방에 눈(眼)을 맺는다

다둥이를 갖기도 하고 외동이를 두기도 하고
씨받이로 양자를 얻어
후손을 번거롭게 한다

화안은 늘 새초 롬이 눈을 뜨고 나를 숨긴 채
억생(億生)이 지나도
어머니의 품에서 배란의 시기만을 기다린다

화과(花果)

바람이 불 때 나는 옷을 벗는다
태양의 거울에 비친 매혹적인 몸매
오색의 성감대는 바람에 출렁이고
꽃술 깊은 방은 네가 그립다

엽록색으로 정제된 향기는
사랑 깊은 몸에서 배어나
천리향의 손짓으로 너를 유혹하는 나는
자유부인,

바람이 불어도 어지러운데
너의 날갯짓에 몸은 허공을 날고
너의 혀끝에 떠는 깊은 오르가즘은
어느새 내가 아닌 너의 심장을 키운다

초록빛 잉태는 달빛 속에 자라고
태양 빛으로 붉게 성숙해 질 때
나는 또 다른 너, 이제야
나는 신의 거룩함을 알 듯하다

감자(塊莖)

사랑은 유전(遺傳)이다
삼월의 잠자리를 다독이면 어머니는 수태를 한다
착상한 태반은 어머니의 눈,
탯줄은 어미의 눈에서 자라고
눈에서 자란 탯줄은 태아를 키운다

태아는 또 다른 어머니의 눈,
태반에서 자란 줄기와 꽃은 영화도 없고
자기 몸의 호사도 없다
오르지 빛을 먹고 습기만을 채우며
태아의 눈만을 위해 사는 희생일 뿐

그처럼 하얗고 고운 몸매도
모태의 인자를 받았으니 그럴 수밖에
어머니의 몸에서
백 일간 생육을 마치면 이때쯤 출산을 한다

어머니의 눈에서
이렇듯 귀한 생명이 자란 걸 보면
나의 눈에는
지난날 어머니의 그림자가 드리워진다

고구마(根莖)

있어도 있는 게 아니고
살아도 사는 게 아니라면
그것은 필경 바람일 거야

바람인 네가,
손발도 없이 어떻게 토굴을 파고
그 많은 식솔을 그리도 탐스럽게 키우나
그건 선심이 아름다운 너에게
아마도 선녀가 심방(深房)을 만들어 주었거나, 아니면
어두운 고난의 행군을 했을 거야
긴긴 여름도, 비바람 치는 밤에도
서리서리 줄기를 엮어 땅속을 품어 내리고
자리이타(自利利他)로 사는 것을 보면
너를 외면 할 수 있었겠어!

긴 하안거를 마치면
선정(禪定)에 든 몸은 단단해지고
마음은 노란부처가 된다

〈

어두운 문을 열고나오면
참았던 숨은 한 줄금 바람을 가르고
감았던 빛은 한 줄금 허공을 가른다
중생의 웃음꽃이 피부를 간지럽힌다

수수(高粱)

여인의 목이 길면 슬프고 애처롭게 보인다
그래서 인지 그녀는
수줍어 말도 못하고 목만을 길게 빼고 서있다
외롭게 사는 건 어둠을 걷는 아픔,
아픔이 커질수록 슬픈 목은 길게 자란다

그믐날이 지나면 작은 별빛이
가슴을 더듬고 간 자리에 노랑꽃은 피어오르고
한 여름의 햇살이 속살을 비집고 들어오면
노랑꽃은 자줏빛으로 영근다

산다는 것은 무덤이야
여름이 가면 자식들은 가을을 떠난다
여염집 마님 사랑에
좋은 날 어린이 웃음 꽃 피게 하고
효심 지극한 사랑도 먹이고
허기진 가난도 채워줄 터인데

자식을 다 보낸 나는 허허한 빈 몸마저도

잘리고 쓸린 채 몽달귀신(夢□神)으로 가니
이게 나의 숙명이 아닌가!
바람 가는 구름을 올려다본다
저 멀리 어머니의 구름도 뒤 따라 오는 듯하다

조(粟)

그렇게도 무기력하고 힘없던 시절
모두는 죽은 나무처럼 장승이었다
풀잎에 서리가 쌓이고
꽃향기도 숨었던 시절
그래도 너만은 희망이고 자랑이었다
못다 채운 반도의 허기를
너의 식솔들에게 의지하고
그나마 보릿고개를 넘은 건
너의 강한 사랑 때문이지
비바람에도
그 많은 자식들을 부둥켜안고 모질게 살면서도
우리의 힘든 세월을 가슴 아파하고
무거운 걱정에 한숨으로 잠 못 이루던 너를
왜 따뜻한 사랑으로 대해 주지 못했나
생명력이 강해서
들이나 산자락, 어디서나 잘 자란다 해도
사는 고달픔이야 적지 않았을 터
너를 어찌 그토록 외면하려 했는지
철없는 지난날이 숙연해 진다

지금은 정월대보름을 기다린다
이 말을 하려고,
너 때문에 내가 있다고

고추(辣椒)

꽃의 반란은 변신이다

빛에서 열매를 맺고
물에서 맛을 돋우며
공기에서 향기를 내는 것은 모두 꽃의 반란
초록빛이 빨갛게 성숙해지는 것은 누군가를 사랑해야
한다는 의미
여인의 그리움이다

너를 안은 여인의 볼은 붉어지고
불끈 솟은 가을의 돌기는
섬세한 여인의 손끝에 노란 정사를 하면
붉은 곰이 되어 동면을 한다

흑해의 해적은 검은 베레모와 함께 퇴치하면
할머니는 저만치 안심이 되고
가을의 여인과도 겨울의 동거를 하면
여인이 출산한 고추에, 너는 늠름한 수문장이 된다

〈

너의 입맞춤이

얼얼하고 달콤한 것은 모두 빨갛게 성숙한 사랑 때문
이지

너의 카리스마는 매운 맛

작아도 매워야 한다

보리(大麥)

보리는 고행에서 자란다
찬 이슬이나 서릿발을 열고 오는
엄동설한을 견디어야 눈을 뜬다

속은 비워야 가벼워지고
비워야 커지고, 비워야 채워진다
멈추어야 비로소 보인다고도 했다[*]

비워진 몸은 나를 버린 실체이고
길게 자란 수염은 깨달음의 깊이
동안거는 상구보리 하화중생[*]이다

너를 본 임의 미소가 부드럽다
보릿고개를 넘는 한 점 구름은
선사로 하늘을 등공(登空)한다

요즈음도 보리 염송에 귀를 연다
마음을 연다
늘 합장한 일심에서 마음의 깊이를 잰다

*혜민(慧敏)이 쓴 멈추면, 비로소 보이는 것에서 인용.

*上求菩提下化衆生 : 보살의 마음 또는 행(行). 위로 깨달음을 구하고 아래로 중생을 교화한다는 뜻

옥수수(玉蜀黍)

빈집에 들어가 보니 빈 집이 아니었다
목마른 초목은 비의 노래를 부르고
사랑에 굶주린 여인은 세레나데를 부른다
이제 막 초경을 끝낸 여인이 머리를 풀고
창가에 기대어 선 채
임을 기다리면,
낮에는 해를 피해 바람처럼 들러 가시고
밤에는 녹색 다리를 건너 살며시 오신다
꽃송이 엮어 들고 꽃길로 오신다
머리를 풀어 놓은 마중 길에서
기다린 여인의 손을 잡고
달빛 춤이 흥겨워 너울너울 추다보면 피곤에 지쳐
신방(葉鞘)의 초례를 치른다
살랑대는 잎의 노래를 들으며
달빛에 한 바람을 자고 나면
다홍빛 여인의 머리는 갈색으로 변하고
몸은 금색의 영과(穎果)를 얻는다
입을 가린 하얀 이빨이 가즈런하다
어느 생의 넋이 될까

〈

달빛 창가에 선 모습이
새참을 머리에 이고
아기를 등에 업고 오는 여인을 연상해 본다

무(蕪)

몸도 하나요, 마음도 하나
오직 중생을 위해서 산 다해도
어찌 마음을 그리 놓을 수 있는가
어찌 육경을 그리 허물 수 있는가

석가모니는 카필라성*에서 사문유관상*을 얻었고
보리수나무 아래에서 '이 뭣 고!'로 고행 끝에
사성체, 인연법, 사선삼명*을 깨달았다 하니
삼독을 버려야 해탈열반을 얻는다 했다
업식으로 육도윤회하니
열반적정은 무루지에 이르는 길
너는 머리에 사슴뿔을 달고 치열하게 다투고
몸을 키우면서도 어떻게 상(相)을 버리고 아라한과를
얻었는가

버려도 버려지지 않고 지워도 지워지지 않고
태워도 태워지지 않고 끄려고 해도 꺼지지 않는 불을
너는 어찌 성불의 도로 이루었는가
응당 머물지 말고, 마음을 내라는 것은

여여(如如)한 진성, 무(無)이니
너를 보고 오늘도 해탈의 기도를 올린다

*카필라성 : 현재의 네팔 남부와 인도의 국경부근인 북인도 히말라야
산(山) 기슭.
*사문유관상 : 팔상(八相)의 하나. 싯다르타가 네 성문으로 나가 세
상을 관찰하는 모습.
*사선삼명 : 사선은 색계의 네 선정-관선, 연선, 훈선, 수선.

배추(菘菜)

여인의 슬픈 곡(哭)에 발을 멈춘다

머리를 저렇게 풀어 헤치고 통곡하는 걸 보면
필경 사랑하는 연인을 보냈거나
사대부 집안의 어르신이 돌아가셨거나
사랑하는 자녀를 잃은 듯하다
난설헌*은 두 자녀를 잃고 쓴,
곡자시(哭子詩)를 아직도 읊고 계시고
진주남강에는 논개*의 울음이 가득하고
황진이*는 맺지 못한 사랑의 그리움이
열녀의 집안에는 회한의 눈물을 흘리고 계시다
우는 게 여인의 일생이라면
슬픈 게 여인의 운명이라면
여인은 눈물 가득한 연못
작은 흔들림에도 눈물이 고인다
여인의 서러움을 여인은 아는지
다독이는 여인의 손끝에 울음은 그치고
속살도 하얀 붉은 속을 먹으면 겨울잠에 든다
잠이 깨는 내년이 두려워진다

우는 여인의 눈물이 두려워진다

*난설헌 : 본관 양천(陽川). 호 난설헌(蘭雪軒). 별호 경번(景樊). 본명 초희(楚姬). 명종 18년(1563년~1589) 강원도 강릉(江陵)에서 출생하였다.
*논개 : 진주목(晉州牧)의 관기(官妓)로 1593년(선조 26) 임진왜란 중 진주성이 일본군에게 함락될 때 왜장을 유인하여 순국한 의기(義妓)이다.
*황진이 : 본명은 진(眞), 일명 진랑(眞娘). 기명(妓名)은 명월(明月). 개성(開城) 출신.

참깨(胡麻)

구월이 되면 여인의 소리가 소란하다
낮보다 밤이 즐거워
달빛에 오실, 임을 기다린다

한 밤이 기울어
북두칠성이 저물어 갈 무렵
강 건너 남사당 패거리가 몰려오면
여인은 춤판을 벌인다
오선녀의 손에 채워진 한삼(汗衫)은 허공을 가르고
조용하면서도 유연한 몸짓은 어둠을 밀어낸다

화관무, 가인전목단을 추고
줄타기와 농악놀이가 어우러지면
대금, 피리 소리에 밤은 익어간다
화관무를 추던 무희가 상모줄에 감기면
상모돌이와 한 밤에 든다

허리춤을 낮춘 별빛이 분홍빛으로 물들어갈 무렵
삭과(蒴果)*의 방에 든 선녀는

날개를 파르르 떨며 누에알 같은 씨앗을 슬고

고소하고 부드러운 향을 키운다

입 맞춘 여인의 손끝에 사랑이 고인다

*삭과(蒴果) : 익으면 과피(果皮)가 말라 쪼개지면서 씨를 퍼뜨리는,
여러 개의 씨방으로 된 열매.

2부

물(水)

솜털구름 강물(水)

저 소리는 필경 강이 우는 소리일 거야
뭐가 저리도 서러울까

아마도 그가 살던 고향은
신선이 노닐던 푸른 하늘, 천국 이였을 텐데
어느 날, 낯 뜨거운 태양에 밀려
모습도 잃은 채
저 강 건너 들녘에 온다는 건, 환생이야

환생에서
모두가 천년화를 바라지만
초목보다도 적고, 거북보다도 짧은 생명은
무상(無常)이고 허상(虛像)이야

그마저도 벼락에 채이고, 바람에 쫓기어
벌판을 달리고 달리다
지쳐 쓰러져 결국은
강물 되어 너에게로 가는데

여기 머물다 간 자리
빗물자국만 흥건하네

자유의 생명

두 원소의 결합으로 생성된
순백의 결정, 자유의 생명이다

순백의 굳은 절개와 지조는
금강석보다 강하나
낮은 곳에 임하는 겸손함,
조용하고 순종하나
내면에는 질풍노도가 있다

가장 유약한 상선약수(上善藥水)

자유로 살아도 역류하지 않는 질서
반역을 모르고
자유로 살아도 침묵하지 않는 함성
배반을 모르고
사랑의 꽃을 피워 생을 이어간다

자신이 승화된 변신으로
더러는 대지를 까맣게 태우나

푸른 생명의 빛으로 잉태할 씨앗을 품고
우주의 생명을 먹인다

오탁악세에 물들지 않는 연꽃처럼 향기롭다
늘 가슴에는
하늘이 주신 생명을 보듬어 키운다

강(江)

강은 사랑의 몸부림을 친다
한낮 발기된 초록빛 풍경을 깊이 끌어안고
밤을 기다려
댕기 푼 여인을 품안에 밀어 넣는다

출렁대는 밤의 신음소리가 잠자는 숲을 깨우고
숲속에 잠자는 여우를 깨워
밤의 풍경을 울린다

깊어진 사랑에
초록빛 생명을 낳아 기르고
끝없는 생의 발길은 어둠의 문을 연다

긴 세월 속에 당신은
승화된 신령의 성품을 가졌으나
가슴속에 난 상처는 아물지 않고
핏빛으로 물든 강은 지워지지 않는다

강은 기적을 이루고

민족의 정기가 숨 쉬어야 하는 곳
아름다운 낙원을 꿈꾸는
정렬의 강은 목마르지 않고
사랑의 강은 마르지 않는다

밤에 흐르는 강은 대지를 살찌울 뿐
만물을 보듬어 키우는 어머니

언제쯤 도에 이르나

1.
용궁세계의 저들은
늘 바위에 가부좌를 틀고 앉아
태양 볕에 온 몸을 까맣게 태운다
바다의 고해성사로
오로지 두 손을 모은 채 기도로 산다

하루 두세 번 목욕재개도 하고
때로는 동안거 하안거의 용맹정진은
청수면벽의 득도로 용궁 가는 꿈을 꾼다
천년의 신령거북이 물고 온
밤하늘 별빛을 받아 탐욕을 씻는다

2.
사바세계의 저들은
늘 태양에 기울고, 달빛에 기울고
바람에 기울고, 힘에 기운다
계절에 따라 변할 뿐

먹던 우물에 침도 뱉고

살던 집에 불도 지르고
적과의 동침도 예사다
허공의 명분이 강하고 바람의 노예가 된다
언제쯤 진실한 도에 이를까

수인(手印)[*]

비로자나불의 화신, 관세음보살이
천수천안을 한 채 가부좌를 하고
지그시 눈을 감은 채 법문을 설 하신다

서쪽에는 아미타경을 염불하시고
동쪽에는 법화경을
중앙에는 화엄경을
북쪽에는 반야와 금강경을 낭송하고 계신다

사성제(四聖諦)[*]에 성주괴공(成住壞空)이라,
법화 화엄 반야 금강경만이 진정한 소리
부처님의 수인에 따라 곱고 아름다운 소리를 낸다
빛의 소리가 어둠을 깨운다

제법무아(諸法無我)에 제행무상(諸行無常)이라,
부처의 등에는 빛의 어둠을 가린 채
찔러대는 손가락질에 빈 소리만이 허공에 차고
봄의 소리만을 가슴에 못질한다

*수인(手印) : '인(印)' '인상(印相)' '밀인(密印)' 등으로 불린다. 불교의 여러 존상의 본서(本誓) 즉 과거세(過去世)에 세웠던 서원(誓願)을 상징적으로 표현한 손 모양.

　*사성제(四聖諦) : 고집멸도(苦集滅道)로 불교의 기본교리의 하나

아름다운 파동

소리는 파동이다
파동은 파장과 진폭에 따라 다르다
파장이 같을 때 공진하고, 공진할 때 진폭은 커진다
'알레그로', '아다지오'는 주기에서
'바이오랜토', '디크리센도'는 진폭에서

살아 있다는 것은 푸르게 진동하는 것
파란색 진폭에 분홍색 파장이 조화로 올 때
소리는 매혹적이고 아름답다

빛과 그림자,
우주와 대륙이 화합하는 소리는
시공을 초월한 감동을 내고
묵은 세월에도 녹슬지 않는다

사랑한다는 것은
파란색과 분홍색이 공진하는 것
너와 나의 생애주기를 합하여
무덤으로 파괴시키는 것

〈

음계와 음색을 맞추고, 쉼표를 두는 것은
음률의 공간을 넓히는 것
마음의 주기를 키워야 소리가 공명하는데
오늘도 곳곳에 지수감쇠(指數減衰)뿐이다

공주는 잠 못 이루고[*]

꿈은 나비 등을 타고 오는가
저 거친 전쟁의 승리에서
꿈꾸었던 사랑은 언제 이루어지려나

쓸쓸한 해가 저물어 오는데
그간 불렀던 사랑의 노래는
거리의 함성에 묻히고 북의 바람은 찬데
불의 노래가 밤을 지새운다
시름이 깊어가는 밤, 거문고 소리 애달프다

승리의 백마를 타고 황야를 달리면
말발굽에 푸른 초원은 이루어지고
오아시스가 만들어 지는 게 아니었나 했는데
사막은 사막으로 초원은 시들어가고
바람만이 스쳐가는 적막함

때는 기울고, 날은 저물어 가는 오후
아름다운 밤은 어둠에 차고
사랑의 꿈은 시름시름 아파오는데

공주는 잠 못 이루고
오늘도 이 밤을 새우는가

고난의 길에서 공주는 잠 못 이루고
사랑의 꿈은 눈물짓는다

*자코모 푸치니 오페라, 투란도트 아리아 네순 도르마(Nessun Dorma : 공주는 잠 못 이루고)에서 차운(次韻)

비의 눈물

울면 안 돼!
남자는 우는 게 아니야!, 해서
나는 어머니의 말씀대로 울지 않았다
힘들 때, 땀은 흘려도 울지 않았다
우는 게 창피했다 그런데 요즈음 자주 운다
연속극에서 슬픈 장면을 보면 울고
힘든 민초의 삶을 보면 울고 코리안 드림을 가지고 온
여인이
힘든 생활을 하는 것을 보면 울고
촌로의 두꺼비 손을,
황토 빛 주름살에 골 페인 미소를 보면 울고
새벽을 열고 사는 사람들을 보면 눈물이 난다
삼일절, 광복절, 육이오, 국군의 날
애국가를 부를 때도 운다
동작동 국립묘지의 참배에서
묵념을 하거나 헌시를 낭송할 때도 운다
요즈음은 기상이변의 흐린 날에도 운다
1209헥토파스칼의 고기압 대에서
밀려온 검은 구름이 하늘을 덮을 때

낮이어도 낮이 아닌 밤처럼 어둠이 밀려올 때
비의 눈물이 몸속에 그득 넘친다

태양빛이 줄어든 태극기를 든 채
거리의 애국가를 부를 때도 운다
아리랑을 부를 때도 흐느껴 운다
짝사랑 했던 여인의 파란 옷깃에 흐르는 눈물을 보면
울면 안 돼! 하시던 어머니가 생각난다

장미의 눈물

나는 꽃의 고백을 모른다
지금도
꽃을 보고 아름답다 하지 않는다
꽃은 꽃으로만 보았다

꽃은 외롭지 않은 줄 알았다
먼 산에 홀로 피어도
벌 나비가 놀아 주고
예쁘고 아름다워서
꽃은 눈물도 없는 줄 알았다

어제는 꽃이 애처롭게 보여서
장미 한 송이를 들고
외로워하지 마!
걱정 하지 마!
아파하지 마! 했다

그런데
장미가 눈물을 흘렸다

말없이 어깨를 들썩였다
나는 이제야
꽃도 슬퍼하고
외로워하는 줄 알았다

내가 죽어 네가 산다면

내가 죽어 네가 산다면
내가 죽어 너를 지킨다면
우리 다 같이 죽자

내가 죽어 네가 바로 선다면
내가 죽어 네가 바로 간다면
우리 다 같이 죽자

내가 죽어 네가 바로 깨닫는다면
내가 죽어 네가 바로 눈을 뜬다면
우리 다 같이 죽자

사랑하는 당신은 나의 여인
한때 당신을 잃고 방황했던 나
얼마나 슬프게 살았나

오랑캐가 짓밟아 흘린 피, 그 얼마였나
배고픈 서러움에 흘린 눈물, 그 얼마였나
아파오는 당신을 또다시 잃어야 하나

〈

내가 죽어 네가 산다면

내가 죽어 너를 지킨다면

우리 다 같이 죽자

슬픈 수선화

이젤*을 세워 놓은 전면의 경치가 아름답다
붓 끝에 살아난 꽃들, 벌 나비가 날고
골자기의 물이 파랗게 맑다
산천의 조화가 아름다워 오랜 시간을 다듬어 온 그림
여기에 꿈의 동산을 만들리라
그림이 완성될 무렵 팔레트의 물감이 살아난다
화가가 그려 놓은 색깔처럼 지정색도 아닌
하얀색이 붉어지고 붉은 색이 검어지고
팔레트가 이색저색으로 점령된다
붓을 빨던 물의 색도 거무죽죽 붉다
왠지 그림의 밝은 색이 어두운 색으로 죽어간다
캔버스의 그림이 붉은 노을에 탄다
그림 속에 바람이 불고 꽃들이 진다
그림 속에 벌 나비가 날아가고
팔레트의 물감이 살아 캔버스에서 춤을 춘다

그림에 비가 내린다
그림은 붉은 바다로 침몰한다
꿈의 동산을 그리다 만 수선화

바람의 창고에 가두어 놓는다

얼마의 세월이 지나야 깨어날까

태양을 가린 채

밖에는 비 내리는 하늘이 펄럭인다

*이젤 : 그림을 그릴 때 캔버스나 화판을 안정시키기 위한 받침대. 일
명 화가(畵架)

소리의 미학

마음의 문을 열면 소리가 난다
파란 소리는 대나무 숲에서 나고
우는 소리는 나뭇잎 바람에서 난다
아름다운 소리는 속이 빈 줄에서 나고
우렁찬 소리는 단단히 마른 몸에서 난다
요즈음 새소리는 듣기 싫다
앵무새는 까마귀 소리를 낸다
날카로운 부리로 나무의 껍질을 베끼고
나무 잎을 쪼아내고 뿌리를 잘근잘근 씹는
음~ 소리뿐, 봄의 종달새도 봄의 노래가 없다
나무는 신음소리를 낸다
앵무새가 앉았던 나무는 드디어 숨을 죽인다
혀가 상한 입은 수액을 먹을 수도
발가벗은 몸은 몸을 키울 수도
손가락이 잘린 손은 엽록색을 만들 수도 숨도 쉴 수도
없다
소리의 미학, 초자연의 감각에서
베토벤 교향곡이나 쇼팽의 환상곡이나
요한스트라우스의 왈츠가 그렇고

그 많은 아름다운 소리가 탄생 했는데 이 어인 일인가!
내가 외로워 할 때
서투른 말로 나를 위로 해 주던 네가
어떻게 입속에 독의 가시가 그렇게 자랐나
자연의 열매를 먹던 네가
어떻게 나무를 먹는 어미새로 자랐나
어떻게 육식도 하는 어미새로 자랐나
독수리 천국의 하늘이 검다

올가미 1

울어서 될 일이 아니다
생명의 자유와 권리를 그렇게 난도질 하고도
영혼까지 말살한 네가 운다고 용서가 되겠나!

내가 원한 가득한 눈물을 흘리고
마지막 애끓는 피를 토할 때
너는 이 아픔을 알기나 하나
나의 비명에 산하가 울고
울음이 쌓인 골자기, 골자기가 넘쳐흐르는 강물이 되어도
너는 알기나 하나 기막힌 삶을 살면서도 너는
나의 생명을 아작아작 씹으며 즐거운 웃음은……

너는 아주 작은 죄책감이라도 있나
오르지 주인의 명령에 복종하고
주인의 의도에 따라 생명만을 납치하고
도둑질 한 너
울어서 될 일이 아니다
영혼의 씻음 굿이라도 하고
하다못해 대체물(代替物)이라도 바쳐

용서를 구해야 할 일 울어서 될 일이 아니다

요즈음은 올가미 없는 개장수가
몰이꾼과 동업으로
올가미를 잘 씌어 사람도 울리는데
천년기도나 석고대제라도 해야 할 일
참으로 너의 행태가 기차다

올가미 2

수렵기간에는 특수 올가미 장사가 온다
일반 올가미 장사보다 독하다
부엉이처럼 눈도 부리부리하고
메기처럼 입도 크고 입술도 두툼하다
무엇이던 덥석덥석 잘 먹게 생겼다

풍채가 위협적이고 당당하다

특수 올가미 장사는 바다의 고래도 낚고
산에 호랑이도 잡고, 하늘의 새도 잡는다
사막의 여우도 잡는다
저들의 말은 비수가 되고
저들의 손짓은 생과 사다

이들은 서부의 사나이처럼
올가미도 잘 돌리고 검은 두건도 잘 씌운다
올가미에 걸리거나 검은 두건을 쓰면
어느 함성도 처절한 몸부림도 힘에 부치다

〈

저들의 힘을 막을 자 누구인가
다 함께 죽어야 산다
이 재앙에
하늘은 눈물을 쏟고 바다는 운다

꿈의 오수만 제국

별이 잠든 밤 태양계의 꿈을 꾼다
블랙홀 프라이데이!
아홉의 신*을 거느린 '아폴론'은 신 파르테르 신전에서
우주의 재판을 연다
우주의 신, '올림포스'를 모독하고 혹성을 탈출하려던
죄로
피 묻은 손에 묶인 여인의 재판에서
여인은 '마트의 고백진술'*을 한다

기요탱*과 헤스티아의 시녀가 된 신의 탈을 쓴 디아볼
로스,
달의 발자국은 외면한 채 바람의 소리만으로
명왕성의 사자가 없는 판결에서

"마녀 나우시카는 사형!"

고르틴 법전에도 없고 함무라비 법전에도 없고
프톨레마이오스 왕조에도 없는 무죄의 사형선고
신전에 악마의 꽃이 핀다

〈

그리스가 멸망하더니 로마도 멸망하는구나

무하마드 2세처럼 오스만 제국을 세우려나

나우시카의 흉측한 패러디와 단두대가 밤의 목을 자른다

잘린 목은 허공에 피를 뿌리고

잘린 몸뚱이는 상여에서 불춤을 춘다

모두는 함성이다 로마가 불탄다

아고라 광장의 붉은 벼락에 잠을 깼다

악몽은 사라지지 않은 채,

온 몸에 식은땀이 흥건하다

태양을 가린 채 하늘은 비가 내리고

로마의 진혼곡이 환청으로 들려온다

*아홉의 신 : 태양계 행성의 아홉신: 수성, 금성, 지구, 화성, 목성, 토
성, 천왕성, 해왕성, 명왕성을 지배하는 신

*마트의 고백진술 : 마트 (Ma'at, Maat, Mayet)는 이집트 신화에 나
오는 법과 정의, 조화, 진리, 지혜의 여신이다. 이집트 《사자서》에 나오는
42가지의 부정 목록

*기요탱 : 조세프 기요텡(Joseph Ignace Guillotin)프랑스의 의사
(1738년~1814년)로 단두대 제작자

나 홀로 걷고 싶다

밤은 슬프다, 늘 외로운 시간
고독한 바람에 출렁이는 그리움은
별빛 끝 하늘
그 끝 어딘가에 기다리고 있을지 모를
하얀 목련
차가운 계절, 냉가슴 외롭게 견디며
쌓인 멍울이 손끝에 피어 날 때
나는 너의 손을 내밀어 본다

간혹 어둠에 밀려오는 고독은
누구와도 눈을 마주하지 않고
누구와도 손을 잡지 않아도 편안한 유심
늘 슬픈 소리만 가득한 도시의 골목보다
바람이 잠든 먼 바다
수평선이 몰고 오는 잔잔한 욕망은
누구와도 눈을 마주하지 않고도
누구와도 손잡지 않고도 평온한 항심
낮은 두렵다, 늘 긴장된 시간
누구와도 눈을 마주하고

누구와도 손을 잡아야 하는 시간
보면 늘 배신한 무리의 패싸움
사랑과 평화의 길
다 같이 손잡고 가야할 길
삭막해
나 홀로 걷고 싶다

원의 소묘(素描)

1.

하얀 바다에 돛을 올리면
너 안에 내가 늘 외길의 한 끝만 잡고 갈 때
힘들어 사뭇 아픔이 저려 오면
나는 너에게 손을 내민다
내민 손의 허전한 갈망은
너에게 포로가 되는 감옥이어도 좋다
비록 탈출하고자 자유를 찾는 전쟁에서
내가 하얗게 소멸될 지라도
너와의 전쟁이 치열해도, 나는
너 안의 꽃과 향기가 좋고
너에게 기대야 편하고 묶여야 안심이다
그래서 나는
너 안에 있을 때 아름답고
너 안에 있을 때 고통도 두렵지 않다

2.

너 안에 내가
생명을 키우고 살려면 때로 너 말고
파랗게 자유로 사는 저들을 죽여야 하는 잔악함

우리의 체중을 조금만 줄이면 어떨까

우리의 가슴을 조금만 따뜻하게 하면 어떨까

우리의 기생을 조금만 더 위로하면 어떨까, 조금만
더……

선(線)보다는 원(圓)이 부드럽게

얼룩진 바다 끝

돛 내릴 항구의 석양이 짙다

불과 빛 사이 1

1.
불, 욕망의 바다는 해변을 할퀸다
가슴 치는 소리,
어둠의 눈을 부라리고 분노의 문을 열면
불을 쥔 주먹은 탄다

포효하는 짐승처럼 하얀 이빨로
상처를 할퀴고 파낼 뿐
파도는 멈추지 않은 채
불을 쥔 주먹은 피를 흘린다

불은 불로 다스려야 한다

2.
빛은 어둠을 태우지 않는다
어둠을 밝힐 뿐
눈을 부라리는 분노가 없다
늘 자유이고 평화다

오색의 대지에도

오색의 피부에도 평등하다
생명을 구하는 자 생명을 주고
길을 구하는 자 길을 줄뿐
빛은 빛으로 다스려야 빛을 얻는다

불과 빛 사이 2

가슴의 불은 태워야 하고
머리의 빛은 닦아야 한다
르네지라르*가 말한 불은 태워야 꺼지고
태워야 빛이 된다

빛은 아름다운 파동
태우지 않고도 어둠에서 온다
태우지 않고도 어둠을 밝히는 생명
어둠의 빛이다

빛 속의 불은 신성하다
다스리지 않은 광장의 불
분노로 컨 악마의 불은 빛을 태운다

마음을 닦을 때는 불을 켜고
생명을 얻을 때는 빛을 닦는다

불과 빛 사이
나를 버리고 너를 얻으면……

사랑을 심고 키우면……

매(棰)

매는 말하지 않고도
자기를 보는 눈을 가르치고
자기가 가는 길을 인도하고
자기가 사는 꿈의 희망을 준다

매는 때리지 않고도 아프다
무릎을 꿇린 매는 용서를 하고
길을 벗어난 매는 길을 가르친다

부모의 매는 사랑의 눈물이었고
스승의 매는 미래의 희망인 걸
칠십이 넘으니 매가 사뭇 그립다
요즈음 매는 보이지 않는다

가훈을 매로 하면……

을사늑약*의 매가 국치민욕(國恥民辱)으로 오더니
정유간언*의 매는 어떤 국치분쟁으로 올까
대한민국이 중국의 일부라니, 민족자존이 슬프다

〈

말 잘하는 너의 입은

싸움 잘하는 너의 주먹은 조공으로 받쳤나

*을사늑약 : 1904년2월23일 일본과 맺은 조약. 원명은 한일협상조약
이며, 제2차 한일협약·을사5조약·을사늑약(乙巳勒約)이라고도 한다.
*정유간언 : 2017년 1월4일 더불어 민주당 의원 6명이 사드
(THAAD-고고도미사일방어)설치반대를 하고자 중국을 찾아간 사건(방
중의원: 송영길·윤관석·유은혜·박정·신동근·유동수·정재호·박찬대)

바람의 장미

바람에 핀 장미 바람에 진다

팔월의 목련이 지고
시월의 국화가 지던 날
마음의 문을 닫고 홀로 지새우던 밤
폐허가 된 뜰에서
멀리 저 멀리 하늘을 응시하며
가슴을 쓸어내리던 그때
나는 왜, 한낱 바람의 장미로 피었나

사랑했던 당신만을 의지하고
믿었던 당신만을 바라보면서
꽃으로 피면 사랑으로 가득할 줄 알았는데
삼월에 하얗게 내리는 저 서릿발……

이제 하얀 소복을 입어야 하나
장미로 핀 죄, 소복은 두렵지 않다
목련과 국화가 부끄러워 어찌 소복을 입을까

〈

사랑의 배반에 목련과 국화가 지더니
장미도 저야 하나
나는 왜, 한낱 바람의 장미가 되었나

세월의 겨울이 차갑고
세월의 어깨가 무겁다
세월의 무덤도 서럽게 저문다

그날의 회상
−2017년 4월 29일

침몰하는 바다를 그냥 두고 볼 수 없어
사공 없는 나룻배를 저어 심해로 갔다
격랑의 검은 파도를 헤치며
오백년의 한을 품고 들려오는 노래
그날의 슬픈 노래에 가슴을 달래고
슬픈 행진곡은 가슴 뜨거운 눈물을 흘리게 했다

모두는 가슴을 맞대고
내 나라 내 조국은 내가 지킨다
외치며 통곡했던 함성들……

사월의 바람에 지고
바쁜 자동차 소음에 묻히고
무표정으로 걷는 인파의 발자국에 묻혀
슬프다

광장 한 귀퉁이에서
곰 세 마리 합창이 울린다

〈

차가운 겨울에 흘렸던 뜨거운 눈물 그 함성은
어디로 갔나
사공 없는 배를 저어 또 어디로 가야 하나
허공을 걷는 초파일 연등불만이
검은 하늘에 펄럭인다

3부

불(火)

번뇌장, 꺼지지 않는 불

불의 조상은 모두가 불로 사나

우주의 빅뱅에서
불의 시조로 46억 대손(代孫)이 불로 사니
아내가 불이고, 자식이 불이다

나의 자식이 불이니, 너의 자식도 불이고
너의 자식이 불이니, 나라가 불이다

나라가 불이니, 바다도 불이고
바다가 불이니, 하늘도 불이다

불의 조상은 정말 불로만 사나
불 끄러 오신 성현들이 그렇게도 불을 끄고 계시나
아직도 불길이 사납다
언제쯤 불 없는 낙원을 이루려나

나도 불끄기를 시작한지 70년이 넘었는데
아직도 불길을 잡지 못하고, 늘
빈 두레박질이다
염불기도 중이다

솜털구름 혼불(火)

사랑의 강에 달이 차면 육신이 자라고
사랑의 강에 해가 뜨면 기골이 영근다

매화꽃 붉은 향이
빛의 발효 때문이라면
육신 속에 자란 저 붉은 원소는
뼛속 깊이 채워진 저 붉은 농액은
태양의 효소가
저 강 속에서 자란 욕망의 빛

그 붉은 빛을
태초의 모습으로 하얗게, 하얗게
정오의 태양처럼 맑게 지우려 닦아도, 닦아도
붉어지는 색
어둠에서도 짙어지고 꿈속에서도 붉게 자란다

빛바래도록 태양을 향해 달리고 산속을 헤매여도 붉다
끝끝내는 지우지 못하고
지친 몸으로 쓰러져, 결국은

혼불 되어 저 하늘로 가는데

여기 머물다 간 자리
하얀 재만 휘날리네

어둠은 불꽃 속으로

산하가 헐벗어 춥고 들이 배고프다
성난 바다는 파도를 때리고 갯가는 신음 중이다

내가 나고, 네가 너다
넉 놓은 세월은 어두운 겨울이었을 뿐
어느 날 침묵의 강을 건너온 횃불이
산하에 초록 불을 지피고 들을 살찌우니
성난 파도는 잠잠하고
갯가에 지른 불은 반도가 붉게 탄다
영일만의 불꽃이 광양만으로 번지고
울산만의 불길은 삼천포 거제도를 거쳐 여수만 광주로
번지고
창원마산의 화염은 금오를 거쳐 경기 서울로 번지니 모
두가 불이다

불에서 오곡이 나고 거북선이 자라 오대양 육대주를 가
니 바다가 춤춘다 유채꽃 노랑불이 강산을 덮고 선비의
가마가 네 바퀴 인력거를 타고 천만년 묵은 하얀 돌 꽃에
묻혀 지구의 호흡이 가파르다 불에서 온 문명의 역사, 중

동 불이 바다를 건너오고 만국에 통신사의 길이 열리니 고
요한 아침의 나라가 시끄럽고 침몰된 반도가 부상한다

　반만년역사의 슬픈 강에
　아르고호를 띄어 승리의 축배를 들기도 전
　죽은 회색빛 영혼의 숲에서
　어미 잃은 늑대가 죽은 무덤을 파고
　철책 넘어 북풍의 화마가 넘실대는 밤, 저 불이 꺼질까
두렵다
　헤파이스토스여!, 이 불을 지켜주소서

불꽃 속에 핀 꽃, 허공에 자라고

창백한 공간에 그려진 섬세한 선과 면의 교합은
불에서 얻은 정지된 시간의 미
숨은 죽이고 눈은 열린 채 응시된 침묵에서
사상의 자유가 응축된 무언의 항변, 자유의 표현이다

무형의 자유에서 형상화된 아름다운 조형은
불에서 얻은 무한한 공간의 미
그 많은 작품은
무질서가 정형화된 질서의 언어, 자유의 선언이다

우주의 유영이 정립된 천체학설은
불에서 얻은 성숙한 논리의 전개
지구를 벗어나려는 꿈에서
우주를 정복하려는 우리의 야망, 자유의 지배이다

원시적인 삶에서 이같이 진화된 문명은
불에서 얻은 자연의 예술
바다와 육지와 하늘에서 함께한 인류의 번영이
지상의 낙원이라면 신의 유언처럼 자유의 행복이다

〈
불이 생명의 혼이라면
불꽃 속에 핀 꽃, 허공에 자라고

불이 타는 이유

불이 타는 이유는 무엇일까
모두가 불에서 왔다면 모두의 가슴에는 불이 있을게다
태생이 불인데 그의 유전자도 불일게다
불은 유년기를 거쳐 화산이 되는 것은 분명한 사실

내 밖에 사물이 내 안으로 녹아들 때
잔잔한 바다는 출렁이고
내 안에 자라는 불의 바다가
푸른 숲으로 자라고 마르지 않은 샘으로 자라고
꺼지지 않는 사랑으로 자라면 화산은 하얀 재를 토한다

사랑에 탄 재는 토양을 살찌우고
여기서 자란 나무는 연리목이 되겠지

더러는 깨어진 마음이 충돌하면
바다의 쓰나미로 바다는 침몰하고
대지는 슬픈 곡소리를 낼 태지

아프로디테*여!, 불이 타는 이유가

당신을 위해서라면

당신을 위해 태운 재는 하얗고

생명을 나눈 샘은 깊겠지

*아프로디테(Aphrodite) : 그리스 신화에 나오는 미와 사랑의 여신.
바다의 거품에서 태어났으며 로마 신화의 베누스에 해당한다.

불은 자유의 생명

1.

친구여! 그 때 우리 서러웠지
역사가 침몰한 대지에서 목숨을 내놓고도 살길이 없었고
피나는 전쟁에서 사랑을 잃고 방황할 때
모두는 눈물도 흘리지 못하고 구슬픈 소리만 냈지
배고픈 서러움에 모두는 혼(魂)을 바칠 때
친구여!, 너는 들소처럼 머리로 받지만 말고
가젤처럼 평화로이 초원의 풀을 뜯었으면
자유의 불구자가 된 너는 눈물을 흘리지 않았으리라

2.

쪽빛은 어둠을 사선으로 채우나
여광이 없는 한기로 새벽을 기다리는 몸부림
자연의 향기를 탐내는 벌, 나비처럼 그 향기 그리워
봄을 기다리는 몸부림에 함성은 커지고
매운 향기 속에서도 자유의 불은 자란다
리베르타스*여! 저 함성이, 자유의 생명이라면
우리도 당신처럼 자유의 신이 되게 하소서
우리도 당신처럼 자유로 살게 하소서

3.
친구여! 한 때 너는 목마른 갈증에서 길을 헤매던 함성이었고

나는 배고픈 서러움에서 바닷가에 성을 쌓던 초록빛 등대
우리가 서로 다른 길에서 고달팠던 가슴 아픈 삶이
이제는 풍요로운 자유로 사니 행복하지 않나
앵무새는 새장에 있을 때 길들여지고
분재는 가꾸어질 뿐 자라지 않는다네
그렇지 않나……

*리베르타스(Libertas) : 로마 신화에 등장하는 자유의 여신이다.

바람은 혼자 울지 못한다 1

친구여!, 우리는 누구인가

생체의 원소는 미토콘드리아[*]
성체의 자유에서 탄생한 자유의 개체라면
자유의 생명을 존중해야 할 것이고
우리가 이 땅에 온 사명이
아마겟돈[*] 전쟁의 승리를 위해서라면
악마의 항복을 받고 사랑의 나무를 심는 일일 터인데
왜 왔는지도 모르고
오직 존재의 이유로만 살아가는 악마도 아닌 저들에게
원초적 자유를 구속하고
들, 바다, 하늘의 생명을 왜 저도도 소멸하는지
신이여!, 당신은 어찌 죄를 붉은 피로만 다스리는가
선택하지 않은 삶에서 저들이 신에게로 갈 때
우리의 몸, 핏속으로 들어올 때
마지막으로 지른 비명은, 흘린 눈물은
폭포처럼 천길 바위에 부서지는 통곡
이 통곡이 바람이라면 바람은 혼자 울지 못한다

*미토콘드리아(Mitochondria) : 〈생물〉진핵 세포 속에 들어 있는 소시지 모양의 알갱이로 세포의 발전소와 같은 역할을 하는 작은 기관.

 *아마겟돈(Harmagedon) : 〈기독교〉선과 악의 세력이 싸울 최후의 전쟁터. 팔레스타인의 도시 므깃도의 언덕이라는 뜻으로 요한 계시록에 나온다.

바람은 혼자 울지 못한다 2

1.

바람은 늘 몸부림치며 운다

창문을 두드리며 울고,

길가는 사람의 옷깃에 매달려도 운다

바람의 방향에 따라 우는 소리가 조금씩 다르다

비파를 켜는 듯, 해금의 줄을 당기는 듯,

거문고를 뜯는 듯

낮은 '도'로도 울고, '미'로도 울고, '쏠'로도 운다

어느 소리는 '파'로 통곡하며, 때로는 쉼표에 선채

울지도 못하고 애처로이 눈물만 흘린다

왜 우리는 신명(神命)을 다하지 못하나

신의 제단에서, 당신들의 삶에서

왜 허공의 바람이 되어 떠돌아야만 하나

당신들도 온 곳으로 되돌아가야 할 숙명

어째서 그리도 잔악하게 우리의 생명을 마름질(裁斷)하나

2.

우리가 왜 당신의 죄를 짊어지고 가야만 한단 말이오

우리가 왜 당신의 생명의 피가 되어야 한단 말이오

우리가 왜 당신의 일용할 양식이 되어야 한단 말이오

이제는 허공의 바람을 멈추게 하시오
당신의 영토에서, 당신들만이 평화로이 살면 되지 않소
신이여!, 이 일을 어찌하오리까
신은 아직도 교시가 없다

태양의 눈물

해는
땀만 흘리는 줄 알았는데 눈물도 흘리는가보다

달빛 그림자 깊은 갈대숲을 거닐 때면
가을에 떠난 귀뚜라미 소리 그립고
강가 포구에 달이 기울면
달빛에 출렁이는 빈 조각배 쓸쓸하다

마음에 노래를 실어도
어둠의 무게만 깊어지고
산하의 신록도 걷어간 겨울
차갑게 쌓이는 눈의 무게는
벗을 수 없는 천근의 어깨가 시리다

아직도 목마른 태양은 식을 줄 모르는데
사막을 걷는 낙타처럼 바람의 언덕에서
어디쯤 가야 너 오아시스가 있는가, 아니
태초에 만든 그때 신의 낙원은 어디쯤에 있는가

〈

더러는 어둠이 깨일까

사막의 여우처럼 짖지도 못하고

침묵한 고요에서 기러기 울음을 낸다

연화선(蓮花船), 하얀 강을 건너다

연화선,
긴 돛을 올리고
출항 준비를 한다
강 건널 승객이 있으면
언제라도 포구를 떠나고
고향으로 돌아갈 사람은
누구나 승선이 가능하다

귀향 길, 하얀 강을 건널 때
갈 길을 막는 저 무거운 적막은
너를 보내는 나의 마지막 기도
하늘의 빛만이
기도의 문을 열리라

붉은 강을 건너온 붉은 꽃이
저렇듯,
빛바랜 한 즘의 사리(舍利)는
그간 여로에서 흘린
거친 사막의 땀인가,

불타는 대지의 이슬인가

연화선, 어디서 이런 배를 지었나
저것도 네가 모실 승객이 아니라면
한 줌의 바람인가, 한 줄금 빛인가
출렁이는 달빛저어 저 강을 건너나

어둠이 불타는 밤, 사랑은 슬프다

1.

빛의 문을 통해 온 네가
내 몸에 들 때
나는 까만 밤을 만든다
그건 당신과의 사랑,
너로 하여금 나를 태우는 일은
나로 하여금 너를 태우는 일은
당신을 부르는 신의기도, 아니면
당신과의 성스런 언약, 아니면 이별이다

2.

그날 희망의 날개를 달고 하늘을 날며
오색무지개의 '희망이 열리는 나무'를 심고
우리, 서로 사랑의 밤을 만들었건만
저렇듯 선잠을 깨우는 건
어느 사랑이 부족해서 일까
우리, 서로 무엇을 채우지 못했나

기다리지 못하고
저렇듯 소리 내어 울부짖는 건

서러움이 복받쳤나 그리움이 쌓였나
기다림에 지쳤나, 아니면
혹성의 붉은 빛 때문인가

3.
동이 트기도 전
이처럼 잠을 깨우는 너는,
밤을 조각내고 파도를 출렁이는 너는,
너와의 이별을 말하는 가

깨어진 밤으로 날을 샐까, 아니면
상처 난 몸으로 동해의 아침을 맞을까
빛의 문을 닫은 채
어둠이 불타는 밤, 사랑은 슬프다

4.
밤을 난도질하는 소리가 크다
바다의 소라가 웃고
오동나무 숲이 킬킬거리고

무당의 방울부채가 작두놀이를 하고
올빼미의 사팔눈은 쓰레기통을 뒤지고
밤 여우는 날 새는 줄도 모르고 짖어댄다

바다의 어부는 저인망 질이다
그 물에 든 고기는 맥을 못 추고
물밖에 입만을 내놓은 채
깊은 숨만 몰아쉰다
어느 코에 아가미를 뀈까
잡아 놓은 죽방멸치도 몸이 탄다

나는 나로만 살고 싶다

나는 나로만 살고 싶다
너뿐인 곳을 떠나
파란 들, 샘솟는 곳에서
나만 있는 나로만 파랗게 살고 싶다

나는 나로만 살고 싶다
너뿐인 곳을 떠나
사파리 동물 농장이 없는 곳에서
나만 있는 나로만 조용히 살고 싶다

나는 나로만 살고 싶다
너뿐인 곳을 떠나
색깔 없는 하얀 해골 속에서
나만 있는 나로만 하얗게 살고 싶다

나는 나로만 살고 싶다
너뿐인 곳을 떠나
당신만은 함께할 수 있는 무덤에서
당신이 있는 나로만 영원히 살고 싶다

백야(白夜)

백합꽃 피는 밤,
나는 바람의 문을 닫는다
달빛 노크에도 귀를 닫고
향기 그윽한 방에서 그녀와 쪽잠을 잔다

쪽잠에서 그린 수채화는 붉다
곱게 키어온 순정
겉은 하얗게 순결해 보여도 속살은 붉어,
아마도
기다림에 지쳐 가슴을 저민듯하다

들에 핀 야생화
비바람을 이기고 살아 온 인내
겉으로는 붉은 손짓을 해도
속은 까맣게 탄 상처뿐
까만 상처로 그린 수채화는 검다

오늘 같은 마지막 밤을
제야(除夜)의 종소리로 하얗게 탈색하면

검은 수채화는
쪽빛 하늘에 파란 강이 흐르는
분홍빛 수채화가 되련만

혼(魂)과 불(火)

혼(魂),
나는 역사 속에 있고
나는 민족 속에 있고
나는 무궁화 속에 있고
나는 태극기 속에 있다

나는 삼일정신에 있고
나는 현충원 국립묘지에 있고
나는 4·19묘역에도 있고
나는 한강의 기적에도 있다

나는 자유이고, 민주이고
나는 권리요, 정의이다
나는 법이요, 질서이다

나를 잡는 자,
너를 영광으로 인도할 지니
나는 영원한 너의 빛이요 진리이련만
불(火), 너는 혼을 태울까 두렵다

〈

나는 대대로 너에게로 가야 할 반도의 정기
우리, 몸속에 혼을 담고 살자
우리, 대한민국이 빛나게, 빛나게……
정유년도 빛나게……

가로등 3

백주는 긴장된 시간, 하얀 겨울이다
심장은 가쁜 숨을 몰아쉬고 머리는 차가운 남극의 빙하
거리는 숨을 들어 마신 채 몸부림치고
투광된 백색의 눈은 생의 깊이를 잰다
긴장된 시간을 풀어 놓은 뒤, 어둠을 걷어 낸 거리는 붉다
가쁜 숨을 쉬던 심장은 정상 맥을 유지하고
백색의 눈은 붉은 빛의 피로를 씻는다
점선들의 개체가 자유로 흐르고
거리의 질서가 평화를 누리는 시간, 웃음은 운다(泣)
울음이 어둠을 흩어 놓을 때
"야!, 너!, '에이 쌍!'"
밤 까마귀가 하늘을 난다

올바른 생의 사다리를 오르지 못하고
망설이고 망설이다 비대칭 그네를 타는 두려움은
기다리고 기다리다 비대칭 사다리를 오르는 괴로움은
체질화 된지 오래다
냉방의 해수(咳嗽)가 끓고 독거의 온기를 잃은 채
차가운 온돌에 손발을 묻는 걸 보면

나는 밤의 불을 켜기가 두렵다

너의 아픔을 안다, 너의 눈물을 안다
나마저 너를 외면 한다면
나마저 이 불을 켜지 않는 다면
너는 어디로 발길을 돌릴까
오늘도 이 밤의 너를 안아드린다

촛불

당신이 오시는 날
나는 검은 드레스를 벋는다

벗은 알몸에는
얼룩말처럼 검은 줄이
굽이굽이 바닷 속을 헤집고
지어도, 지었어도 지워지지 않는
하이에나와 같은 검은 반점들이
낙엽처럼 흩어져 날리는 건
정제되지 않은 위선들,

출렁이는 율동에 검은 줄을 지워보지만
춤추는 선율에 검은 점을 태워보지만
잔영을 지우지 못하는 시름,
육신을 소멸하는 너를 보기가 두렵다

차라리 눈을 감고 기도를 한다
나도 당신처럼
육신을 사르는 하얀 몸이 되게 하시옵소서!

나도 진정으로

육신을 태우는 하얀 사랑 하게 하시옵소서!

차라리 무덤이면 좋겠네

1.
차라리 무덤이면 좋겠네
사랑에 살고 사랑에 죽는 곳이
끝없는 전쟁터라면
차라리 무덤이면 좋겠네

바람이 드나들던 학고방에서도
빗물이 쓸고 간 주춧돌에서도 꿈은 자랐고
집속에 든 달빛에서도 사랑은 컸는데
돌담 집 궁궐에서
동물로 살고 식물로 산다면
차라리 무덤이면 좋겠네

2.
사랑의 언약도 저버리고
황야의 주홍빛 사랑을 구걸하려면
저주의 불꽃에 사랑을 애걸한다면
차라리 무덤이면 좋겠네

너의 거룩한 꿈, 희망이

벌거벗은 사랑의 기쁨이라면
너의 영혼이 잠든
차라리 무덤이면 좋겠네

3.
여섯 번의 수술을 받고도
아직도 환자가 중병이라면
의사는 죽어
차라리 무덤이면 좋겠네

너의 사랑 고백이 모두 거짓이라면
그간 너의 행동이 모두 위선이라면
당신은 죽어
차라리 무덤이면 좋겠네

나, 그리워 너의 곁에 가고 싶다

별빛 속을 바람이 울고 간다
그리워도 못가는 서러움
초목의 그늘에 쌓인 채
각리(各離)된 세월의 뼈만이 앙상한
그대의 넋, 애달프다

탈색된 청춘의 피가 하얗게 씻기어가고
달빛 속에 영혼이 울어도
초목의 그늘에 쌓인 채
내, 어딘지도 모르고 잠든
황토의 넋, 잡초만 그득하다

흐느낀 세월이, 숫한 계절로 바뀌어도
피지도 못하고, 오지도 못한 채
세월의 뼈만 삭아가는데
세월의 아픔만 커가는데
너는 나를 기억이나 할까?
별만이 하얗게 꽃 피우는 걸

〈

그날이 올까, 그날이 될까
뿌려진 피의 흔적은 지워져가고 눈물은 메말라 가고
아직도 서로의 함성은 커져만 가는데
언제 고향에 돌아갈지
나, 그리워 너의 곁에 가고 싶다

너, 거기서는 묵념하지 마라

나는 자유이고 싶다
초가집이어도 조용히만 살고 싶다
네가 말하는 천국은 말고
네가 말하는 호화로운 집이나 낙원도 말고

나는 나의 자유가 좋고
나는 나의 공화국이 좋다
네가 말하는 꿈같은 소리 말고
네가 꿈꾸는 벌거벗고 사는 나라는 더욱 말고

나의 자유를 너는 말하지 말라
나의 권리를 너의 입에 올리지 말라
나는 너의 맹아가 아니고
나는 너의 농아가 아니다

너, 거기는 가지 마라
너, 거기서는 묵념하지 마라
너의 모든 부정이
너의 생각이 무엇인지가 두렵다

모닥불 1

어둠의 긴장이 팽팽해 질 때
꿈속의 두려움이 공포로 온다
걷지도 소리도 지르지 못하고 쫓기는 듯 쫓긴 채
빈손만 흔들고 헛소리만 지른다
낮은 목소리는 두렵고 부릅뜬 눈은 무섭다
도망치는 발 절벽에 걸려 발버둥 칠 때
놓친 손이 허공을 날면 소스라쳐 잠을 깬다
두려워 마라! 절벽에서 추락하고 허공을 날아도 너는
꿈인 것을
너의 앞길은 모두가 어둠인 것을
어둠을 밀어내는 저 용기, 이글거리며 타는 저 정렬,
하늘 솟는 불꽃은 눈빛 번득이는 미래를 밝게 키어 간다

모닥불 2

마지막 소멸하는 시간

이제 운명으로 나를 붉게 태운다

파란 청춘을 보내고 나의 모든 것을 그들에게 주고도

늦가을 마당 한 귀퉁이에 서 있을 때 마지막 염(殮)을 하고

붉은 영생을 비는 할머니 손길이 부드럽다

나처럼 휘어진 세월에도 목화를 마름질 하고 누에고치를 치고

삼대를 다듬은 씨줄과 날줄 베틀에 손이 곱은 채

풀 먹은 손이 달토록 그의 핏줄을 따뜻이 감싼다

할머니가 풀어놓은 실을 가지런히 도투마리*에 다 감을 즈음

사그라진 한 즙의 재는 바람에 갈 곳을 잃는다

*도투마리 : 베틀의 한 부분으로 날을 감아 베틀 앞 채머리 위에 얹는 틀.

정유년 3월 1일

1.
그때는 왜 울어야 했나
그때는 왜 외쳐야 했나
그 때는 나라 없는 서러움에 울고
그 때는 민족 없는 고달픔에 외쳤는데
오늘은 나라가 있고, 오늘은 민족이 있는데
왜 울어야 했고, 왜 외쳐야 했나

2.
그 때는 내가 없고
그 때는 네가 없어
우리가 방황하는 길목에서
나를 찾고, 너를 얻고자 울고, 외쳤는데
오늘은 내가 있고
오늘은 네가 있는데
왜 울어야 했고
왜 외쳐야 했나

3.
무너져 내리는 강산이

흩어져 가는 민족의 정기가
황토 빛으로 물들어가는 현상
네가 있고 내가 있어도
내가 너를 모르고
네가 나를 모르는데
어찌 슬퍼, 울지 않을 수 있으랴!

기미년의 3월1일도 아닌데
그날의 슬픔이 또다시
이 나라에 오지 않겠나
이 민족에 오지 않겠나

4.
임이시여!
붉어져 가는 깃발을 거두게 하시고
꺼져가는 강산을 일으켜 세우시고
피폐해져가는 정신을 바로잡게 하시고
슬기로운 민족이 되게 하소서!

〈

정유년 3월1일 눈물이, 통곡이
이 나라의 주춧돌이 되게 하시고,
민족중흥의 길이 되게 하시옵소서!
이 조국의 태극기가 영원히 날리게 하시옵소서!

달집태우기

서로가 기대고 서야 달을 품는다

너와 나는 서로를 기대고 선줄 알았는데
너는 붉은 트로이 목마에 침식된 채
지금은, 나는 너를 잃고 선 외다리
무너진 공간에서 외롭다

알고도 어찌 그 세월을 멈추게 하지 않았나
알고도 어찌 그 백신을 쓰지 않았나
나는 투덜거렸다, 말로만
'그건 안 된다고'
때로는 크게 소리를 질러도
벽은 들리지 않았다

지금은 너에게 이처럼 잠식된 나는
썩고 불벼락 맞은 나무처럼
앙상한 가지인 듯 홀로 서
방향 잃은 바람에 울지만
봄비의 푸른 싹은 자란다

강산은 아직도 푸르다

정유년의 정월보름은 아직도 먼
달집에 불도 집히지 못하고
나는 목 터지는 동해의 눈물을 흘린다
나는 달, 너에게 기대고 싶다

쥐불놀이

새 신랑은 섣달 그믐밤에 오신다
야생화 곱게 핀 언덕 넘어
별 나비 춤추는 꽃길로 오신다
기다리던 여인은 깊어진 세월의 밤을 보낸다

촉수는 눈보다 밝다 신랑은 눈을 감고도 밤을 뜨겁게
달군다
물고기가 헤엄치듯 지느러미를 세우면 촉수에 전율되는
전두엽은 나비춤을 추고 율동은 고래가 배를 대고 바다를
유영하듯 깊은 물속으로 날아간다 새벽에 촉수는 활처럼
흰 실눈을 뜨고 낯을 감춘 채 밤하늘을 내려다본다

쥐불 놓는 날 만삭이 된 여인은
몸 푼 강에서 수중 분만을 한다
일렁이는 황금파도는
초례의 숨결보다 뜨겁다

밤의 여인이 만삭의 몸을 풀 때
동네 처녀들도 여몄던 가슴을 열고
하얀 별을 품어본다
황금빛 바람에 촉촉한 아랫도리를 조금씩 연다

4부

바람(風)

솜털구름 바람(風)

진법(眞法)은 공(空)이란다
소멸하는 것이 공의 진리이라면
공은 풀잎에 맺힌 이슬처럼
태양이 두렵다

하늘과 땅 사이 자유의 공간에서
고갱, 로댕, 미켈란젤로가 나고
아인슈타인과 같은 천재가 태어난 것을 보면
공은 무한한 생명의 천재
모두는 공에서 나고, 공에서 자란다

공에서 온 너는
공에서 공을 만들지 못하고
네가 타는 불도 끄지 못하고
바람의 언덕에 기대어 선채
주먹 쥔 손만 휘두르다 지쳐 쓰러져, 결국은
바람 되어 저 강 건너 가네

여기 머물다 간 자리
낙엽 한 장 나뒹구네

슬픈 연상(聯想) 1
−최후의 만찬

하얀 적막이 흐른다
최후의 만찬시간, 제단에 놓인 거룩한 신의 창조물
응시한 슬픈 눈빛들 울음을 삼킨다

레오나르도 다 빈치*의 만찬보다도 엄숙함
이 시간 전 그렇게도 보채며 어머니 태반을 먹고
 어머니 가슴을 먹고 아버지 등골을 파먹고도 부족해 땅
도 먹고 바다도 먹고 하늘을 먹더니 이제는 물도 거부하
고 수액도 거둔 채 나는 나를 먹는다

 봄에 녹아내리는 물밑 어름처럼
 살갗 밑에 점점이 녹아내리는 하얀 피가
 검은 핏줄을 타고 심장에 든다

 사랑의 이별로 여기를 지나 저 황홀한 우주로 가는 여정,
 영혼의 행로 속으로 타는 하얀 불꽃은 영혼의 길을 밝
힌다

 잦아드는 가뿐 숨소리 내 뿜는 한 모금의 긴 숨이

풀잎 이슬을 거두어 가면 이별의 눈물은 벽속에 잦아든다

당신의 손을 잡고 가슴을 안은 채
보내야 하는 야속함이야말로……
엄숙한 최후의 만찬은 거룩한 슬픔이다

*레오나르도 다 빈치 : 이탈리아 화가인 레오나르도 다 빈치
(Leonardo da Vinci:1452~1519)의 작품.

슬픈 연상(聯想) 2
– 마지막 인사 1

무슨 말을 할까
꽃피는 날
봄바람에 안기면 꽃술은 이슬에 잠든다

화마 없는 전쟁에 포로가 된 채
함락당한 영토를 가꾸던 거칠어진 손,
겨울에 잘려나가고 함께 걷던 아름다운 꽃동산이
침몰하는 바다에 일곱 개의 푸른 섬으로
잘려나간 단애가 가파르다

여우가 파놓은 동굴처럼
숭숭 뚫린 가슴을 메우지도 못하고
내어지른 멍든 가슴은 치유도 못한 채
머릿속에 붉게 핀 꽃, 백두대간의 기를 막고
부자유한 자유를 앗아간 식물인간으로 눈감을 때
홀로 외롭게 쓸쓸이……

손도 잡아 주지 못하고 이처럼
국화꽃 향기 멍울지고, 향연 가득한 겨울밤

서릿발에 실어 보내야 하는 나는, 무어라 할 말이 없소
어두운 불빛 단상에 놓인
주름 진 창백한 얼굴에 가슴을 묻고
깊은 시름에 목을 멘 채
큰애 손에 이끌리어 휠체어로 발길을 돌린다오
나도 곧 따라가리라……

슬픈 연상(聯想) 3
– 마지막 인사 2

늘 외로웠을 거다
첩첩산중 유배지[*] 달도 비켜가는 골짜기에서
망향의 한을 선조의 숨결로 달래며 어린동심을 키웠던 곳
분출하는 용암의 뜨거운 바람을
꽃 무덤에 묻고 달빛사랑을 키울 때쯤
귀향은 낯선 이의 가슴을 파고들었을 터,

늘 슬퍼했을 거다
전쟁의 포화로 고향을 등져야 했을 때
어미닭이 병아리를 품듯,
올망졸망 새끼를 몰고 걸어서 대전으로 피난했고
피난처에서 심한 병고[*]에도 침몰하지 않은 대주
태산을 빚어 옥돌을 삼고 동해의 바다를 옥수로 만들어도
채우지 못한 허기를 채우려 눈물을 흘렸던 아픔도 있을 터,

늘 말 못했을 거다
걸어도 달려도 도달하지 못하는 거기
늘 한발 앞서는 절벽에서
새벽을 걷고 낮을 불태우고 밤을 달래보지만
어두운 눈망울만 커지고 헛디딘 낭떠러지에서 허덕이고

158

늘 손에 잡힌 낮은 현실을 한숨으로 달래며
자신을 원망했던 서러움 더러는 술로 달랬을 터,

늘 아파했을 거다
석양의 끝자락에서 세월의 무게를 이기지 못하고
비어지는 허물을 채우지도 못한 채
눈에 밟혀오는 저 먼 가슴 아픈 흔적들,
끝내는 몸속에 퍼진 독을 걸러내지 못하고
허공을 저으며 거친 호흡을 가누지 못할 때
하는 마지막 인사, 아버지~

* 안동김씨 제18세손 도승지 김회명(석공공, 1804(순조4)~1860(철종
11))이 연산에 부처된 곳
* 장티푸스―대전 외갓집 피난 중 어머니가 앓고 나서 아버지(김규철,
1919. 10. 9. ~ 2002. 12. 23.)에게 전염되어 아버지도 죽을 고생을 하셨다.

슬픈 연상(聯想) 4
– 마지막 인사 3

이상기온이 감지 된지는 오래다
가족은 누구도 몰랐다
삼년 전부터 심상치 않은 기상변화,
미풍에도 대들보가 흔들린다
바다의 저기압이 지나면 시베리아의 고기압 오고
고기압의 한파가 지나면 봄의 소식은 흔적도 없다
예보에 이끌리어 늘 조마조마한 것 보다
차라리 북두칠성 점이 안심일 듯
지난 가을 북두칠성 점괘가 심상치 않다
금년 겨울은 별자리 이동이 있겠다고,
정월 초 시간의 촉각을 세우고 실시간 별 자리를 살폈다
별이 잠들 무렵 기상변화에 따라 기압대가 요동치고는
심해의 바람이 잔잔하다

저 아득한 미로에서 달려오는 환상
겨울바다를 맨발로 걷고
폭풍의 언덕을 맨손으로 저어가는 모습이
애처로이 태풍의 눈에서 밝아온다

〈

하루해가 저물어 갈 무렵
아버지의 짐 내려놓는 소리가 조용하다
중력 잃은 하늘이 조용히 문을 연다
극락왕생하옵소서!, 나무아미타불!

슬픈 연상(聯想) 5
– 천상전 취옥루

하늘 섬 밝은 곳에 별집을 지었어요
아버지가 지어 놓으셨던 거기, 아니고
제가 새로 잡은 별자리 천지연 언덕 위 양지바른 섬
성운이 뿌려놓은 조약돌처럼
아름답게 빛나는 거기에 별집을 지었어요
떠나거든 나를 두지 말고
꽃가루 내어 나비 사는 곳에 두라 시던 말씀 접고
두고두고 뵙고자 길목 좋은 천지연 언덕 위 양지바른 섬
성운의 별빛이 꽃놀이 하러오기 편한 거기에 별집을 지
었어요

어이어차, 달공으로 주춧돌을 놓고
동서남북에 금강기둥 세우고
석가래, 대들보 얹어 별집을 지었어요
광한전 백옥루*보다도
아름다운 천상전 취옥루(天上殿 翠玉樓)를 짓고
연화선을 타고 오리온좌를 건너 여기에 모셨어요

거처를 옮긴지 삼일

바람 들 곳 없는가, 햇볕은 바튼가
천지연의 돛단배 놀이는 할만한가
걱정하시는 아버지를 모시고 왔어요
저희 들이 지어놓은 별집을 꼭 보시겠다고 하시어,
불편한 몸을 업고 왔어요

하산 길, 등 뒤에 뜬 한낮 성근별이
낯설게 북두칠성자리를 바라보고 섰다

*광한전 백옥루 : 난설헌 허초희(1563~1589)가 8세에 지었다는 시문 제목.

슬픈 연상(聯想) 6
- 초록빛 눈물

안양천 휘돌아가는 만장뚝(堰)*
뉘엿뉘엿 저물어가는 석양에 맑은 냇가의 울음이
여인의 발걸음을 앉히고 있다
등하교길 시오리,
하교의 늦은 오후가 발걸음을 재촉하는데
흰 옷 입은 여인이 저 멀리 눈에 들어온다

"엄마"

광주리에 가득 이고도 모자라
목에도 부친 자루를 더 얹고 갔던 파란복숭아
모두를 팔고도 저리 힘겨울 까?
일상의 부축도 없는 고단한 가슴을 냇물에 씻고 계신
듯, 아니면
눅눅한 바람에 서러운 한탄을 풀고 계신 듯
그늘진 얼굴에 잘린 웃음이 가련하다

"지금오니"
"다 팔았어"
"그래"

"그런데 지금오세요"

"안양에서는 못 팔았어, 그래서 영등포 시장엘 갔지 거기서 한 목에 다 팔았다 팔고 받은 돈을 허리춤에 넣어두었는데 누군가 훔쳐갔는지 돈이 없어 졌어. 어떻게 가야하나 걱정하고 있는데 어느 상점 주인이 버스비도 없는 줄 알고 차비를 주어 지금 오는 길이다"

"이건 뭐야"
"사이다병"

시장에서 주었다는 사이다병, 기막힌 듯 입을 벌리고 있고
발아래 초록빛 눈물이 가득히 흐르는 냇물 위
은반을 두드리며 물고기는 춤을 추고
어둠은 활옷을 입고 곱사춤을 춘다
옥황상제가 한 말씀 거든다
어미야!, 걱정마라!, 거기 아들이 있다

여섯째를 임신한 만삭의 몸
어머니의 발걸음을 부축하며
느린 저녁에 집에 온 그때의 슬픈 연상이 아직도 가슴 아프다

*만장뚝(堰) : 옛 경기도 안양읍과 평촌사이에 안양천의 제방이름. 길이가 300m정도 된다.

슬픈 연상(聯想) 7
- 가슴 무덤

죽음을 모를 때 죽음은 두렵고
사랑을 모를 때 사랑은 아프다

부모를 앞서 보낸 마음은 아파도
후회하며 견디고 산다지만
자식을 먼저 보낸 슬픔은 어떻게 견디며 살까

자식이 죽으면 가슴에 묻는 다는데
홍역으로, 병명도 모르는 질병으로 세 아이를 잃었을 때
슬픔은……

무덤을 파고 손 수 자식을 묻을 때
그 속은……

나는 커서야 할머니에게서
네 위로 하나, 아래로 둘을 잃었다는 이야기를 들었다
그러냐고 대답 했을 뿐, 있었냐고 물었을 뿐
자식을 묻은 어머니의 가슴을 한 번도 들여다보지 못했다

166

〈

한 아이는 어렴풋이 보인다
맑은 눈이었고
맑은 미소였고
꼬물거리는 손짓, 발짓 이였던 것을

슬픈 연상(聯想) 8
– 할머니 기일*

1.
아련하지는 않다 상당한 시간이 지났어도
늘 곁에 계신 듯 눈에 훤하다
사대부의 벼슬을 잃고 부처(付處)*된 터널 속을 벗어나려
몸부림치며 걷던 기울어진 오르막길, 발길이 무겁다
끊어진 옛길을 이으려 장손을 데리고 나선 길,
석양의 그림자를 따라 걷던 골목 안 문간방
삐걱 대문을 열고 들어서면 할머니 얼굴은 밝고
밤낮 어루만진 치마폭은 포근하다
단신(短身)의 물 지개가 출렁거리고
쪽마루 밑 연탄이 하얗게 타면 화덕의 숯불이 붉다
전기 불 끄라는 성화에 새벽이 오기도 했건만
세월이 익어 빚은 자랐건만 보름달이 뜰 무렵 세월에 누워
할머니는 달에 가셨다

2.
새벽별이 뜰 때 쯤 길쌈을 매고
초가삼간 시름에 젖어 치맛자락 눈물 적시며
'고춧가루 장사'라도 하겠다고 하시던 말씀

양회지(洋灰紙) 위에 침 바른 몽당연필로 민요를 적고
생신날 드신 축하주에 가끔 부르신 민요가락이
영정 앞에 올린 헌작과 축문에 녹아내린다
옆에 계신 할아버지는 지그시 미소 지으신다

*권용숙(權容淑, 1899. 12. 6. ~ 1991. 3. 23.), 93세로 졸하시다.
*부처(付處) : 조선조시대의 형벌-(벼슬아치에게 어느 곳을 지정하여
머물러 있게 하던 형벌).

슬픈 연상(聯想) 9

─붉은 상흔(傷痕)

유월의 붉은 바람,
산간을 태우고 들도 강도 붉게 물들인다
아침 풀을 뜯던 흰 양은 외양간 짐을 싼다

모처럼 들길을 쫓겨 난 외진 산속,
밤은 길고 불 먹는 독수리가 밤을 삼킬 때
얕은 움막에서 질식한 밤을 보낸다
먹을 물도 초식도 병들어 양도 병들고
어미는 창궐한 장티푸스의 피를 토하고 새끼는 운다

도로의 불길은 남으로 번 저가고
들불에 비켜선 양들
산속에서 우는데

유월의 태풍이 불탄 허리를 자르고도
엽록색 화상은 또 다시
서풍의 바람에 붉게 타 화상이 짖다

널름대는 화마의 입

다섯 가닥 붉은 혀가 징그럽다

유월의 화상은 아직도 치유를 못한 채
곳곳에 남은 불길이
푸른 초원을 태운다
붉은 산양에 쫓긴 양, 요즈음 울지도 못한다

슬픈 연상(聯想) 10
−석양빛 주름

골목바람이 아파트 담장에서 서성인다
플라스틱 용기에 담긴 몇 잎 푸성귀들
고구마 감자가 동네아주머니를 기다리고 있다
언제부터 기다렸는지 속과 겉이 누렇다

잘 차려입고
잘 꾸며진 마트나 백화점 진열대에 서면
귀티의 여인에게 사랑도 받았으련만,

할머니는 고개를 숙인 채
콩을 까기도 하고
쪽파도 다듬고
마늘을 까기도 한다

소일거리는 아닌 듯한데

사는 사람이 없어도
소리도 치지 않는다
안 팔리면 안 팔리는 대로

걱정이 없는 듯하다

저렇게 팔아서 입에 풀칠은 하나
자손은 있는 분인가?, 할아버지는?
할머니 이마의 석양빛 주름이 깊다

슬픈 연상(聯想) 11
− 가도의 눈물

겨울의 명줄을 잇는 바람이 분다
제식훈련은 아니어도
대 오열(對 伍列)에서 비켜선 듯
가도(街道)의 서툰 명줄을 붙들고 있다

어둠에서 하얗게 부풀리고
몇 번의 실습을 거치기나 했나,
희롱 대는 손끝이 부끄럽게 지나는 손님을 붙든다
낯 붉은 얼굴도 안타깝지만
계면쩍은 얼굴의 이면이 어둡다

저처럼 열에 서지 못하고
저처럼 오에 행을 맞추지 못하고
한 발짝 물러선 가도에서
서툴게 명줄을 이어가는
생의 마차
그들의 행복이 잘 익어갔으면

어디 너 뿐이랴,

용감해서 좋다

얼마쯤 시간이 지난 뒤
싸 준 봉투를 들고 사무실에 와보니
호떡봉지 속 가도의 눈물이 그득하다

슬픈 연상(聯想) 12
– 여인의 명줄

늘 상은 아니다
바쁜 아침시간 더러는 시선이 멈추는 곳
출렁거리는 거리, 붐비는 지하철 입구에
사람들은
아기 울음소리를 밟고 간다

버스에서 내려
저만치 멀리서 듣고 가노라면
하얀 스티로폼상자 옆에 서 있는 여인이
지나가는 사람에게 애원하듯 눈길을 주고
더러는 허리도 굽실거린다

여인의 명줄
울음은 누가 달랠까
젖은……
젊은 여인의 주인은?

"두 줄만 주세요"

〈

사무실에 와 점심시간에 열어보니
차가운 김밥에도
아기 울음이 배어 있고
여인의 젖 냄새가 나는 듯
음양오행의 복이 가득하다

슬픈 연상(聯想) 13

– 재래시장

고향을 안고 산다
생을 키우고 묻으며 너울진 파도를 젓고
새들의 자유가 하늘을 나는 곳,

연약한 손에 자란 파란 빛깔이 춤추고
어깨의 힘으로 건저 올린 바다가 펄떡이고
하늘의 날개가 내려앉은 둥지, 원초의 나라 그대로
정리되지 않은 여유가 발걸음을 멈춘다

해가 저물고 달이 떠도 흥이 나는 곳
별들의 아름다운 나라
산과 들의 향기가, 여유와 풍요가 넘치고
형식 없는 형식이 안정된 곳, 한걸음 늦은 삶의 터전,

투박한 손끝에 넘치는 정이 좋고
걸걸한 마음에 쌓인 의리가 귀한 곳
날카로운 칼보다 형식이 넘치는 현란한 포장보다
투박한 손끝에 형식 없는 형식이 아름답다

〈

여인의 치마폭이 넓어지고
형님 아우의 어깨가 올라가고
많지 않은 넉넉함에 네가 내가 살찌는 곳
원초의 나라 고향이 좋다

슬픈 연상(聯想) 14

– 새벽 시상

어둑한 새벽의 지하철 속, 조용히
시상을 살피고 아름다운 시어를 찾는다
오늘 참배할 선조의 행장(行狀)도 되 뇌이면서
밀착된 몸에서 서로의 숨소리를 듣는다
모란역에서 내리고
함께 타고 갈 차량을 기다리는데
등 뒤에서 짐승 우는 소리가 난다

모두가 좁은 철조망에 가두어진 채
슬픈 눈을 하고 밖을 응시한다
더러는 저희들끼리 싸움도 하지만

목줄에 끌려나온 어느 상가의 개가
철사 봉을 입에 문 채 출입문 앞에 나뒹군다
토치램프가 몸을 샅샅이 불태운다

통나무 도마
처녀인 듯 곱다란 여인이
넓은 작두칼을 머리 위로 들더니

검은 물체를 내려친다

"......"

놀란 새벽의 시상(詩想)은
청양의 선산을 다녀오는 내내 사라지지 않고
저녁 잠자리에서도 몸을 뒤척이게 한다
짐승의 발톱이 등 긁는 소리를 낸다

슬픈 연상(聯想) 15
– 슬픈 성찬

좁은 철망에 갇힌 넋들이
밤 새워 운다
더러는 피를 뚝뚝 흐리면서
밤의 영혼으로 날아간 듯
어쩌다 영어(囹圄)의 몸으로
이처럼 죽음 앞에 울고 있나

너희도 사랑이 있다는 걸 안다
사람보다도 더 진한 애정이 있고
인간보다도 더 친숙한
무리의 유대가 있다는 걸 아는데
인간과 친히 살았다는 죄

금방 같이 있었던 동료가 목이 비틀리고
생명이 잘려나가는 비명을 듣는 너희는
얼마나 두려움에 치를 떨까
옆에서 시시덕거리는 저 신의 영웅들

성남모란시장, 너의 비명에 아침이 잘리고

피 냄새나는 작두의 칼날이 새벽의 비명을 자른다

신의 창조가 모질다
너 때문에……
우리들 성찬은 가슴이 아프다

슬픈 연상(聯想) 16
－새벽 공연

감동스런 바이어린 연주도 아니다
진화된 피아노 연주도 아니고,
소피아의 연극도
성악가의 노래도 아닌 펜터마임

산과 들, 하늘과 바다가 자유의 몸짓으로
영혼에서 영혼으로 가는 통로

생동하는 아침을 깨우고
약동하는 저녁을 잠재우는 곳,

생의 집합장소 귀와 눈을 열고
침침한 새벽을 밟고서 생의 끈을 이어간다

비릿한 냄새도 좋고
독한 피 냄새도 괜찮다
싱그러워도 초췌해도
구린내가 나도 생을 이어 가는 수단

〈

저 많은 삶들이
영혼에서 영혼으로 간다
술사의 펜터마임은
자유의 몸짓으로
삶의 길을 여는 신의 예술이다

슬픈 연상(聯想) 17
−뻘배

천년을 다듬고
만년을 가꾸어 온 피부
부드러운 탄력, 속살도 곱게
생명을 잉태할 생명을 가지고 산다

달의 애무로 옷을 벗으면
태양은 까맣게 피부를 태운다
까맣게 탄 피부,
흑장미보다도 아름다운 여인은
정열적인 사랑에 목마른 듯

당신의 가벼운 애무로 시름을 놓기도 하지만
간혹 성감대를 잡은 손, 생명을 낚는다

기다리다 지치면 옷을 벗는다
사랑하고 싶을 때
뻘배를 타고 달빛을 숨어오세요

사랑하는 당신을 위해

당신도 옷을 벗는가
사랑하고 싶을 때
달빛을 타고 강을 건너오세요

달의 무게를 신고 갑니다
생의 무게를 신고 갑니다

슬픈 연상(聯想) 18

− 굽은 허리

농자천하지대본[*]
힘든 세월에 등이 굽었다

밤하늘에 누어 지친별을 볼 때
거칠어도 따뜻한 손길, 가슴에 오면
시름을 놓고 마음을 편다

초록빛 봄을 갈고, 여름을 키우면
태양의 골이 깊어도 좋고
사랑의 열매가 싱그러우면
가을의 웃음은 겨울이 따뜻하다

정직한 사랑에 배반을 모르고 산 인생,
늘 힘든 저녁이어도 아침의 파란 생명이,
웃음 가득 시름을 놓는다

사랑에 사랑을 낳고
사랑에 사랑을 먹이는 일, 늘
등이 굽어도 즐겁고 골이 깊어도 행복하다

〈

뒤늦게,

등 굽은 지팡이가 굽은 허리를 부축한다
등 굽은 지팡이도 굽은 허리에 힘겹다
등 굽은 오르막길이 등 굽은 지팡이를 세운다

*농자천하지대본(農者天下之大本) : 농사짓는 사람이 천하에 제일이다.

슬픈 연상(聯想) 19
–거리의 향기

늘 과묵한 얼굴, 말이 없다
늦은 저녁이나 새벽,
대문 앞을 서성이고, 늘 거리속이다
인척이 드문 때가 편하고
어둠에 가려 식별이 안 될 때가 안심이다

밤새 찌든 냄새, 분뇨통을 뒤집어쓰고 다녀도
향긋한 듯 냄새를 모르고 산다

생의 종점에서 소멸 아니면 윤회로
또 다른 삶을 살아야 하는 기다림
늘 음습하고 외진 곳에 포박을 당하고 있어도
하루가 늦으면 벼락이 나고 이틀이 늦으면 거리에 쌓인다

때로는
석조전(石造殿)에서 날 새워 싸우고
위대한 척 유식한 언어의 구사,
저들의 입 냄새가 싫어 입을 닫고
저들의 쓰레기가 더러워 치우지 않는다

〈

직지인심 견성성불
너 안의 너를 보고!
너 안의 쓰레기를 치워라!

당신이 지나간 자리의 깨끗한 향내가 좋다

.

슬픈 연상(聯想) 20
– 붉은 새, 꽃잎을 나르다

때로는 창가 밖,
붉은 새를 기다린다
밤새 꿈꾸었던 사연도
연분홍빛 향기 가득 담아 올 듯하여

더러는 꽃피는 계절의 소식도
꿈의 노래도 담은 시 한 수 풀어
허공에 띄우면
뒤뜰 소나무에 파란 사연이 걸리고
앞 뜰 꽃밭에 꽃이 피어
동산에 나비가 난다

발걸음도 높은 산사는
범종이 울고
시골집 처녀는 분홍연사에
잠 못 이루고 보따리를 싼다

발 없는 소식도 어지러우나
그리운 사연 가득 입에 물고

도시의 공간이나 파란들,
눈 덮인 산악을 훼치며 날아간다

슬픈 연상(聯想) 21

-호스피스(hospice)

먼 우주의 행성을 돌아
이곳에 온 백조, 최후의 만찬시간
마지막 이명으로 온 영의 소리,

백조여!, 날개를 펴라
잡은 손을 놓고 언덕 아래로 뛰어 내려라
저 하늘을 보고
깊은 곳으로 내려야 하늘 높이 난다

진동하는 바람은 날개의 공명으로
너를 가벼이 밀어 올린다

떠나는 두려움을 달래며 해방의 자유, 공포를 달래고
못다 한 미련을 위로하며 정적의 해탈을 다독인다

태양의 신이여!,
이제 향수의 꿈을 이뤄,
이명으로 전달한 영의 소리 받들어
이 백조의 혼을 신께 보냅니다

〈

태풍에 시달리고 바다에 눈물짓던
이곳을 떠나
그곳 우주의 하늘로 보냅니다
가납(嘉納)하소서!

공한 실체의 동태적 에네르게이아의 현상을 묘사

박정이 시인, 소설가
(포에트리 발행인 겸 주간)

1. 공한 실체의 생성과 소멸을 구현

우주 생성론은 아직도 끊임없는 논쟁 중이다. 창조론과 진화론이 양립된 상태에서는 어느 논리이던 절대 긍정도 절대 부정도 할 수 없다. 그러나 이처럼 양립된 논리를 차치하고라도 인류문명의 발상은 모두 강(江)을 중심으로 이루어졌다.

지구상의 4대 주요 문명의 발상지는, 나일 강에서 이집트 문명이, 티그리스 강과 유프라테스 강에서 메소포타미아 문명이, 인더스 강에서 인더스 문명이, 황화 강에서 황화문명이 발상했다.

이처럼 인류의 문명은 모두 강을 중심으로 발상된 것을 보면 물(水)은 분명 생명의 실체이고 생명의 본질이라 할 수 있다, 생명의 실체는 땅(地)을 의존해서 살았고, 욕망의 불(火)을 통해 문명과 삶의 질을 키워왔고 욕망의 불은 시간을 거처 한 바람(風)으로 사라진다. 해서 김상호 시인은 인간을 포함한 만물은 공(空)한 실체(實體)로 정의하고 이는 본 시집【제2부】물(水) 중에서 「자유의 생명」과 「강」에서 생성되는 것으로 말하고 있다.

「자유의 생명」에서, 생명은 두 원소의 결합으로 생성된 / 순백의 결정, 자유의 생명으로 /…중략…/ 늘 가슴에는 / 하늘이 주신 생명을 보듬어 키운다. 즉, 물의 원소가 생명을 키우는 것으로 정의하였고,

「강」에서 강은, /…초략…/ 강은 사랑의 몸부림을 친다 / 한낮 발기된 초록빛 풍경을 깊이 끌어안고/밤을 기다려 댕기 푼 여인을 품안에 밀어 넣는다 /…중략…/ 깊어진 사랑에 / 초록빛 생명을 낳아 기르고 / 끝없는 발길은 어둠의 문을 연다 /…하략…/ 정렬의 강은 목마르지 않고 / 사랑의 강은 마르지 않는다 / 밤에 흐르는 강은 대지를 살찌울 뿐 / 만물을 보듬어 키우는 어머니로 정의하였다

공한 실체의 소멸은 「극락정토」에서처럼 혼(魂)은, 나 고향에 돌아가리라 /…중략…/ 이별도 헤어짐도 아닌 / 앞서가는 길, 외로움에 / 찬송, 목탁염불도 좋으나 / 당신

의 노래 들으면 / 나 기뻐 춤추며 돌아가리라 했다. 그러나 육신(肉)은 「솜털구름 거적(筵)」에서는 여기 머문 자리 / 쪽박하나 거적에 쌓였네, 「솜털구름 물」에서는 여기 머물다 간 자리 / 빗물자국만 흥건하네, 「솜털구름 불」에서는 여기 머물다 간 자리 / 하얀 재만 휘날리네, 「솜털구름 바람」에서는 여기 머물다 간 자리 / 낙엽 한 장 나뒹구네. 즉, 4대각리(四大各離)되어 태생의 원속(原屬)으로 회귀된다. 그래서 생명은 결국 공한 실체로 무아(無我)임을 말하고 있다.

공한 실체는 땅(地)을 의존해서 살아간다. 비록 땅 뿐만이 아니라 하늘도 의존하고 바다도 의존하며 살아가지만 생의 근본은 땅에서 비롯된 것인바 【제1부】 땅 중에서 「산(山)」, 「논(畓)」, 「밭(田)」은 식물의 생육장으로 생을 키워가는 양육장으로 보았고, 「화안(花眼)」과 「화과(花果)」는 식물의 생태적 신비함을 묘사했다. 생물의 대부분은 눈(眼)이나 씨(果)에서 자라고 눈이나 씨로 열매를 맺는다. 이는 「수수」를 비롯한 「참깨」까지 10가지 작물에 대해서 의인화(allegory)를 통해 음(陰)과 양(陽)의 조화로 식물이 자라고 열매를 맺는 것을 사랑으로 묘사했고, 도(道)에 이르는 자연을 통해 인간의 깨달음을 갖게 했다. 아울러 우리가 가난하고 배고 팠던 시절 초근목피의 보릿고개를 넘게 한 그들의 진실한 사랑을, 인간의 생명을 이어준 박애정신을 시로 표현했다

◇◇◇

　이러한 시인의 인식과 사고는 엠페도클레스나 아리스
토텔레스의 철학적 사고와도 일치한다. 엠페도클레스 사
상의 핵심을 이루는 4원소는 사랑과 다툼이다. 밀레토
스 학파의 철학자인 탈레스(Thales, BC624?~BC546?)
는 세상만물의 근원을 물로, 아낙시메네스(Anaximenes,
BC585?~BC528?)는 공기로 보았다. 헤라클레이토스는
불이 가진 대립, 충돌, 조화의 성질을 이용해 이를 설명하
려 했으나 엠페도클레스는 물, 공기, 불, 흙을 서로 동등
한 위치를 갖는 세상의 근원으로 받아들였다. 그에 따르
면 이 원소들은 원초적이고 궁극적인 것으로 새로 생성되
거나 소멸, 변화하지 않는다.

　또한 그의 철학에서는 세상의 뿌리인 4원소가 합쳐지거
나 흩어지면서 존재들이 생겨나고 사라진다. 원소 자체는
그대로 있으면서 통합과 분리 즉, 사랑과 다툼(미움)을 통
해 세계를 만들어 간다는 것으로 정의했다.

　이처럼 엠페토클레스나 아리스토텔레스는 사물 생성조
건이라는 의미에서의 4인론(因論)은 1)질료(質料, 그 hylē,
영 matter) : 생성의 수동적인 가능성, 2)형상(形相, 그
eidos, 영 form) : 질료에 내재하는 본질, 3)운동의 시원
(始原), 4)목적 등 네 가지를 들었고, 4원소론(元素論)으로
물, 불, 땅, 바람(공기)을 들었다.

또한 불교에서 만법(萬法)은 공(空)한 것으로 정의하고 있다. 만법은 제행무상(諸行無常) 제법무아(諸法無我)로서 실체가 없는 것으로 정의하였다. 비록 인간이 물에서 잉태되고 탄생되었지만 멸(죽음)을 통해서 사대각리(四大各離)되어 결국은 지수화풍(地水火風)으로 되돌아가는 것이 이 또한 같은 이치로 보았다.

2. 이데아와 동태적 에네르게이아의 현상을 묘사

이데아(idea)는 인간의 주관적인 의식, 곧 '관념'을 나타내는 말로 사용되며, 에네르게이아(energeia)는 인간의 광범위한 활동(실현 활동)을 뜻하는 말로 쓰인다.

이데아를 철학에 처음 끌어 들인 사람은 플라톤이다. 플라톤은 이데아를 영원하고 불변하는 사물의 본질적인 원형(原形)이라고 보았으며, 구체적인 현실의 사물은 단지 이데아의 모사(模寫)에 지나지 않는다고 주장했다. 또한 현실에 존재하는 사물들은 끊임없이 변화하며 일시적인 속성을 지니지만, 이데아는 불변하며 항구적인 속성을 지닌다고 보았다.

에네르게이아는 광범한 '활동'을 의미하는 말로서 '현실태(現實態)' '현실성(現實性)' '실현(實現)'으로 번역된다. 이 말을 철학적 중요한 개념으로 완성시킨 사람은 아리스토텔레스이다.

김상호 시인은 태생적으로 인지된 사물의 관념(idea)을 통해서 긍정적이고 올바른 사고와 지적사고를 통해 확고한 신념과 이상을 가지고 체험을 통한 내적 감정을 숨김없이 표현했다. 특히 이데올로기적(ideologue) 사고에서는 자기의 이데아를 근간으로 인류의 보편적 가치인 자유, 민주, 인권의 가치를 추구하고 이상사회의 모습을 제시하기도 하고, 인간의 경험과 생활 습관을 통한 삶의 진정성을 설명할 수 있는 이치도 제시하고, 역사적 인식과 정치사회의 시대적 모순성을 지적하고 나아가 국가의 정체성을 고취시키며 정의로운 사회로 나아갈 바를 간파하려 하고 있다.

【제2부】물(水)에서 「언제쯤 도에 이르나」에서 「그날의 회상」까지 사회적 현상을 주관적 관점에서 또는 개관적 관념에서 시인이 가지고 있는 이데아를 중심으로 이데올로기적 정신세계를 나타냈으며, 【제3부】불(火)에서 「어둠은 불꽃 속으로」에서 「달집태우기-2」까지도 또한 이러한 이념의 세계를 묘사했다.

특히 「너, 거기서는 묵념하지 마라」, 「나, 그리워 너의 곁에 가고 싶다」는 자유민주주의를 수호하다 전사한 영령들의 영혼을 기리는 시로써 자유민주주의 체제를 사랑하고 수호하는 자만이 그곳에 갈 수 있는 자격을 부여했고, 6·25동란 당시 전사한 무명용사 약 1만여 명이 아직도 고향에 돌아오지 못하고 어딘가 산 숲속에서 세월의 진토가 되고 있는 슬픔을 시로 노래한 것은 가히 애국적이다.

김상호 시인은 최근에 벌어지고 있는 국가와 사회적 실상을 보고 독백처럼 「나는 나로만 살고 싶다」와 「차라리 무덤이면 좋겠네」를, 또한 「내가죽어 네가 산다면」 등의 나라를 걱정하는 애국적 비탄(悲嘆)을 시로 묘사했다

3. 공한 실체의 잔악성을 묘사

토마스 아퀴나스(Thomas Aquinas, 1225년~1274년, 이탈리아 신학자)에 따르면, 인간은 창조자의 피조물 가운데에서 이성을 부여 받은 존재자로서 피조물의 질서 영역에서 가장 위에 위치하고 있다. 인간이 창조자로부터 받은 특질 중의 하나는 자유 의지로서 이 자유 의지에 의해 인간은 선을 행하기도 하지만 악도 범한다. 악은 전통적으로 '형이상학적인 악', '물리적인 악', 그리고 '윤리적인 악'으로 나뉜다. 자유 의지에 의한 인간 행위에 대한 판단이 요구될 때는 '윤리적인 악'이 문제가 된다.

또한 인간 인식의 판단 잘못으로 인한 인간 인식의 오류도 있다. 인간은 창조자의 무한한 선에 참여할 수 있고, 이런 참여에 의해서 창조자의 선성도 부여 받을 수 있다. 창조자는 인간을 그 자신의 모상에 따라 창조했기에 인간은 본래적으로 선할 수밖에 없다. 만약 이 세상에 존재하는 악의 원인을 찾으려고 한다면 우리는 그것이 다만 선의 결핍이라는 정의 밖에 발견할 수 없다. 인간은 창조자 신과 비교될 때 불완전한 피조물에 불과하지만, 이 우주에서 인간의 존재는 가장 값진 것 중의 하나이다.

김상호 시인의 시에서 진리를 탐구하지 않으나 창조자의 피조물 가운데 인간의 잔악성을 말하고 있다. 그 많은 사람들이 지구상에 존재하면서 생태학적 파괴와 자연과학적 질서를 무너트림은 문명의 발달과 질적 삶을 유지하는 데 있어 필요하면서도 또 다른 피조물의 생명을 잔악하게 죽이는 것은 선(善)인가 악(惡)인가에 심한 갈등을 느끼고, 자연의 질서 파괴는 용서(?)될 수 없는 것 아닌가 하는 뜻을 시로 표현하고 있다. 비록 피조물의 소멸이 악이 아니고 인간 생존에 필수적이라도 우리가 좀 애정을 가지고 그들의 삶을 배려해 주는 것이 우리의 도리가 아닌가 하는 제안도 했다. 과연 인간의 선과 진리라는 것은 허구가 아닌가 하는 의구심을 갖는다.

【제3부】 불(火)에서 「바람은 혼자 울지 못한다−1, 2」와 【제4부】 바람(風)에서 「새벽 시상」, 「슬픈 성찬」은 신의 창조물로서 인간의 잔악성과 선(善)과 악(惡)을 생각게 하는 중요한 생의 과정을 묘사했다.

「바람은 혼자 울지 못한다−1」에서 /…초략…중략…/ 신이여!, 당신은 어찌 죄를 붉은 피로만 다스리는가 // 선택하지 않은 삶에서 저들이 신에게로 갈 때 / 우리 몸, 핏속으로 들어올 때 / 마지막으로 지른 비명은, 흘린 눈물은 / 폭포처럼 천길 바위에 부서지는 통곡 // 이 통곡이 바람이라면 혼자 울지 못한다

「새벽 시상」에서 /…초략…중략…/ 통나무 도마 / 처녀인 듯 곱다란 여인이 / 넓은 작두칼을 머리 위로 들더니 / 검은 물체를 내려친다 // "……" // 놀란 새벽의 시상은 / 청양의 선산을 다녀오는 내내 사라지지 않고 / 저녁 잠자리에서도 몸을 뒤척이게 한다 / 짐승의 발톱이 등 긁는 소리를 낸다

「슬픈 성찬」에서 /…초략…중략…/ 금방 같이 있었던

동료가 / 목이 비틀리고 / 생명이 잘려나가는 비명을 듣는 너희는 / 얼마나 두려움에 치를 떨까 / 옆에서 시시덕거리는 저 신의 영웅들 // 성남모란시장, / 너의 비명에 아침이 잘리고 / 피 냄새나는 작두의 칼날이 / 새벽의 비명을 자른다

신의 영웅들이 살아가는 방법(?)은 이렇게도 잔악한 것인가. 산다는 것, 즉 생명을 이어간다는 것은 전쟁이고 선(善)도 악(惡)도 아닌 살기 위한 하나의 수단에 불과한 것 아닌가 하는 증명인 듯.

4. 공한 실체가 소멸해 가는 슬픈 연상을 묘사

매슬로는 인간의 동기가 작용하는 양상을 설명하기 위해 동기를 생리적 욕구, 안전 욕구, 애정과 소속의 욕구, 존중 욕구, 그리고 자아실현 욕구의 5단계로 구분했다. 매슬로에 따르면 각 욕구는 우성 계층(hierarchy of prepotency)의 순으로 배열되어 있으며 욕구 피라미드의 하단부에 위치한 욕구가 충족되어야만 상위 계층의 욕구가 나타난다.

김상호 시인은 이처럼 인간은 욕구충족을 위한 유적존재(類的存在)로서 사회공동체 속에서 또는 독단적이라도 끊임없는 노동을 근저로 해서 살아가고 있다. 노동, 즉 일을 통하지 않고는 살아갈 수 없는 존재로 노동은 신성시되어야 하며 노동의 가치는 무엇보다도 중요하다. 이러한 의미에서 자본의 부유는 제외하고라도 자연과 더불어 사는 사람, 어느 체제 속에 들지 못하고 독자적인 삶을 살아가는 사람, 그늘 진 곳에서 어렵게 사는 사람 등 삶의 저변이나 지적노동이 아닌 기초노동을 근간으로 살아가는 사람의 애환을 가슴으로 말하고 있다. 그러한 것은 구지 외부에서 찾지 않는다 하더라도 자기를 나아준 부모님에게서도 한 맺힌 삶을 산 현상을 보았고, 거리에서도, 바닷가에서도, 본 것을 그대로 무감각으로 지나치지 않았다.

그래서 김상호 시인은 【제4부】 바람(風)에서 슬픈 연상으로 「초록빛 눈물」, 「석양빛 주름」, 「가도의 눈물」, 「여인의 명줄」, 「재래시장」, 「뻘배」, 「새벽공연」, 「굽은 허리」, 「거리의 향기」, 「붉은 새」, 「꽃잎을 나르다」 등은 어려운 삶을 사는 공한 실체를 묘사했다. 권력과 지위가 없어도 땅을 일구고, 바다를 저으며, 하늘을 먹고사는 원초적이고 근본적인 삶의 방식을 통해 살아가는 모습을 그렸다.

또한 「최후의 만찬」, 「마지막 인사-1,2,3」, 「천상전 취옥루」, 「가슴 무덤」, 「호스피스」는 공한 실체의 회귀를 묘사한 것으로 이러한 현상은 공한 실체가 소멸해가는 슬픈 연상(聯想)을 시로써 표현하고 있다. 비록 부모를 보내는 자식으로써의 서글픈 감정을 통한 체험을 위주로 수록했지만.

5. 결어

김상호 시인은 우주만물은 지수화풍(地水火風)으로 이루어지고 일정기간 존재(머무나)하나 끝내는 지수화풍으로 각리되어 원래대로(저승) 되돌아감으로서 여기(이승)에 존재한 다는 것은 공한 실체(虛像)임을 재확인하게 하였다. 인간도 이에 속한 유적존재(類的存在)로 인식하고 공한 실체의 생성과 소멸, 이데아를 통한 에네르게이아의 활동, 존귀한 생명들을 소멸시키는 현상 등을 자신의 내면의 세계와 철학적 가치관과 자연의 세계를 결합시켜 시로 표현했다.

인간이 소멸해가는 현상, 노동을 근간으로 살아가는 삶에서 사회공동체 속에 들지 못하거나 독거적인 삶, 또는 기층민의 애환에 대해 가슴 아프게 생각 했고, 인간을 제외한 피조물의 귀한 생명에 대해서도 선(善)과 악(惡)을 생각게 했으며 절제된 삶을 제안했고 절제된 삶이 우리의 사랑과 선악을 구별할 수 있는 삶의 의의를 되새기게 하였다. 특히 에네르게이아에 속하는 이데올로기적 사고는 자신의 원초적 이데아를 기초로 올바른 역사인식과 국가의 정체성확립, 현 자유민주체제의 수호와 사회의 정의를 부르짖고 있다.

시대적 변혁과 새로운 사회의 구현은 올바른 역사관과 국가관에 기인하는 바 최근 시대적 사조(思潮)는 이 글을 통해 다시 한 번쯤 지난 역사를 반추(反芻)할 필요가 있을 것으로 사료된다.

김상호 시인은 '우리는 무엇으로 사는가.' 하는 자문에 '당신에 의해 살았습니다.' '네 번째 당신을 고백합니다.' 라고 답했다.